YASMINA KHADRA

Yasmina Khadra, de son vrai nom Mohammed Moulessehoul, est né en 1955 dans le Sahara algérien. Écrivain de langue française, son œuvre est connue et saluée dans le monde entier. La trilogie *Les Hirondelles de Kaboul*, *L'Attentat* et *Les Sirènes de Bagdad*, consacrée au conflit entre Orient et Occident, a largement contribué à la renommée de cet auteur majeur. La plupart de ses romans, dont *À quoi rêvent les loups*, *L'Écrivain*, *L'Imposture des mots* et *Cousine K*, sont traduits dans 42 pays.

Ce que le jour doit à la nuit – Meilleur livre de l'année 2008 pour le magazine *LIRE* et prix France Télévisions 2008 – a été adapté au cinéma par Alexandre Arcady en 2012. *L'Attentat* a reçu, entre autres, le prix des libraires 2006, le prix Tropiques 2006 et le grand prix des lectrices *Côté Femme*. Son adaptation cinématographique par le réalisateur Ziad Doueiri est sortie en mai 2013 sur les écrans et a remporté de nombreux prix lors de festivals, notamment l'Étoile d'or à Marrakech. *L'Attentat* a été traduit dans 36 pays, dont les États-Unis, la Russie, L'Allemagne, l'Italie, l'Espagne, le Japon et Israël.

Son dernier roman, *Les anges meurent de nos blessures*, a paru en 2013 aux éditions Julliard.

Retrouvez toute l'actualité de l'auteur sur :
www.yasmina-khadra.com

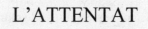

L'ATTENTAT

YASMINA KHADRA

L'ATTENTAT

JULLIARD

© Éditions Julliard, Paris, 2005

ISBN : 978-2-266-20497-2

Je ne me souviens pas d'avoir entendu de déflagration. Un sifflement peut-être, comme le crissement d'un tissu que l'on déchire, mais je n'en suis pas sûr. Mon attention était détournée par cette sorte de divinité autour de laquelle essaimait une meute d'ouailles alors que sa garde prétorienne tentait de lui frayer un passage jusqu'à son véhicule. « Laissez passer, s'il vous plaît. S'il vous plaît, écartez-vous. » Les fidèles se donnaient du coude pour voir le cheikh de plus près, effleurer un pan de son *kamis*. Le vieillard révéré se retournait de temps à autre, saluant une connaissance ou remerciant un disciple. Son visage ascétique brillait d'un regard tranchant comme la lame d'un cimeterre. J'ai essayé de me dégager des corps en transe qui me broyaient, sans succès. Le cheikh s'est engouffré dans son véhicule, a agité une main derrière la vitre blindée tandis que ses deux gardes du corps prenaient place à ses côtés… Puis plus rien. Quelque chose a zébré le ciel et fulguré au milieu de la chaussée, semblable à un éclair ; son onde de choc m'a atteint de plein fouet, disloquant l'attroupement qui me retenait captif de sa frénésie. En une fraction de seconde, le ciel s'est effondré, et la rue, un moment engrossée de ferveur, s'est retrouvée sens dessus dessous. Le corps d'un homme, ou bien d'un gamin, a traversé mon vertige tel un flash obscur. Qu'est-ce que c'est ?… Une crue de poussière et de feu vient de me happer, me catapultant à travers mille projectiles. J'ai le vague sentiment de m'effilocher, de me dissoudre dans le souffle de l'explosion… À quelques mètres – ou bien à des années-lumière le véhicule du cheikh flambe. Des tentacules voraces l'engloutissent, répandant dans l'air une épouvantable odeur de crémation. Leur bourdonnement doit être terrifiant ; je ne le perçois pas. Une surdité foudroyante m'a ravi aux bruits de la ville. Je n'entends rien, ne ressens rien ; je ne fais que planer, planer. Je mets une éternité à planer avant de retomber par terre, groggy, démaillé, mais curieusement lucide, les yeux plus grands que l'horreur qui vient de s'abattre sur la rue. À l'instant où j'atteins le sol, tout se fige ; les torches par-dessus la voiture disloquée, les projectiles, la fumée, le chaos, les odeurs, le temps… Seule une voix céleste, surplombant le silence insondable de la mort, chante *nous retournerons, un jour, dans notre quartier*. Ce n'est pas exactement une voix ; ça ressemble à un friselis, à un filigrane… Ma tête rebondit quelque part… *Maman*, crie un enfant. Son appel est faible, mais net, pur. Il vient de très loin, d'un ailleurs rasséréné… Les flammes dévorant le véhicule refusent de bouger, les projectiles de tomber… Ma main se cherche au milieu du cailloutis ; je crois que je suis touché. J'essaie de remuer mes jambes, de relever le cou ; aucun muscle n'obéit… *Maman*, crie l'enfant… *Je suis là, Amine…* Et elle est là, maman, émergeant d'un rideau de fumée. Elle avance au milieu des éboulis suspendus, des gestes pétrifiés, des bouches ouvertes sur l'abîme. Un moment, avec son voile lactescent et son regard martyrisé, je la prends pour la Vierge. Ma mère a toujours été ainsi, rayonnante et triste à la fois, tel un cierge. Lorsqu'elle posait sa main sur mon front brûlant, elle en résorbait toute la fièvre et tous les soucis… Et *elle est là ;* sa magie n'a pas pris une ride. Un frisson me traverse des pieds à la tête, libérant l'univers, enclenchant les délires. Les flammes reprennent leur branle macabre, les éclats leurs trajectoires, la panique ses débordements… Un homme haillonneux, la figure et les bras noircis, tente de s'approcher de la voiture en feu. Il est gravement atteint pourtant, mû par on ne sait quel entêtement, il cherche coûte que coûte à porter secours au cheikh. Chaque fois qu'il pose la main sur la portière, une giclée de flammes le repousse. À l'intérieur du véhicule, les corps piégés brûlent. Deux spectres ensanglantés progressent de l'autre côté, essaient de forcer la portière arrière. Je les vois hurler des ordres ou de douleur, mais ne les entends pas. Près de moi, un vieillard défiguré me fixe d'un air hébété ; il ne semble pas se rendre compte que ses tripes sont à l'air, que son sang cascade vers la fondrière. Un blessé rampe sur les gravats, une énorme tache fumante sur le dos. Il passe juste à côté de moi, gémissant et affolé, et va rendre l'âme un peu plus loin, les yeux grands ouverts, comme s'il n'arrivait pas à admettre que ça puisse lui arriver, *à lui.* Les deux spectres finissent par casser le pare-brise, se jettent à l'intérieur de la cabine. D'autres survivants arrivent à la rescousse. À mains nues, ils décortiquent le véhicule en feu, brisent les vitres, s'acharnent sur les portières et parviennent à extraire le corps du cheikh. Une dizaine de bras le transportent, l'éloignent du brasier avant de l'étaler sur le trottoir tandis qu'une nuée de mains s'escriment à éteindre ses vêtements. Une foultitude de picotements se déclarent dans ma hanche. Mon pantalon a presque disparu ; seuls quelques pans calcinés continuent de me draper par endroits. Ma jambe repose contre mon flanc, grotesque et horrible à la fois ; un mince cordon de chair la retient encore à ma cuisse. D'un seul coup, toutes mes forces me désertent. J'ai le sentiment que mes fibres se dissocient les unes des autres, se décomposent déjà… Les ululements d'une ambulance m'atteignent enfin ; petit à petit, les bruits de la rue reprennent leur cours, déferlent sur moi, m'abasourdissent. Quelqu'un se penche sur mon corps, l'ausculte sommairement et s'éloigne. Je le vois s'accroupir devant un amas de chair carbonisée, lui tâter le pouls puis faire signe à des brancardiers. Un autre homme vient prendre mon poignet avant de le laisser tomber… « Celui-là est fichu. On ne peut rien pour lui… » J'ai envie de le retenir, de l'obliger à revoir sa copie ; mon bras se mutine, me renie. *Maman*, reprend l'enfant… Je cherche ma mère dans le chaos… Ne vois que des vergers qui s'étendent à perte de vue… les vergers de grand-père… du patriarche… un pays d'orangers où c'était tous les jours l'été… et un garçon qui rêve au haut d'une crête. Le ciel est d'un bleu limpide. Les orangers n'en finissent pas de se donner la main. L'enfant a douze ans et un cœur en porcelaine. À cet âge de tous les coups de foudre, simplement parce que sa confiance est aussi grande que ses joies, il voudrait croquer la lune comme un fruit, persuadé qu'il n'a qu'à tendre la main pour cueillir le bonheur du monde entier… Et là, sous mes yeux, en dépit du drame qui vient d'enlaidir à jamais le souvenir de cette journée, en dépit des corps agonisant sur la chaussée et des flammes finissant d'ensevelir le véhicule du cheikh, le garçon bondit et, les bras déployés telles des ailes d'épervier, s'élance à travers champs où chaque arbre est une féerie… Des larmes me ravinent les joues… « Celui qui t'a dit qu'un homme ne doit pas pleurer ignore ce qu'homme veut dire », m'avoua mon père en me surprenant effondré dans la chambre mortuaire du patriarche. « Il n'y a pas de honte à pleurer, mon grand. Les larmes sont ce que nous avons de plus noble. » Comme je refusais de lâcher la main de grand-père, il s'était accroupi devant moi et m'avait pris dans ses bras. « Ça ne sert à rien de rester ici. Les morts sont morts et finis, quelque part ils ont purgé leurs peines. Quant aux vivants, ce ne sont que des fantômes en avance sur leur heure… » Deux brancardiers me soulèvent et m'entassent sur une civière. Une ambulance arrive en marche arrière, les portières grandes ouvertes. Des bras m'attirent à l'intérieur de la cabine, me jettent presque au milieu d'autres cadavres. Dans un dernier soubresaut, je m'entends sangloter… « Dieu, si c'est un affreux cauchemar, faites que je me réveille, et tout de suite… »

1

Après l'opération, Ezra Benhaïm, notre directeur, vient me voir dans mon bureau. C'est un monsieur alerte et vif malgré la soixantaine révolue et son embonpoint naissant. À l'hôpital, on le surnomme le maréchal-des-logis à cause de son caporalisme excessif aggravé d'un humour toujours en retard d'une pertinence. Mais dans les coups durs, il est le premier à retrousser les manches et le dernier à sortir de l'auberge.

Avant de me naturaliser israélien, alors que, jeune chirurgien, je remuais ciel et terre pour être titularisé, il était là. Bien qu'encore modeste chef de service, il usait du peu d'influence que lui conférait son poste pour tenir à distance mes détracteurs. À l'époque, il était difficile, pour un fils de bédouin, de se joindre à la confrérie de l'élite universitaire sans provoquer un réflexe nauséeux. Mes camarades de promotion étaient tous de petits juifs fortunés, la gourmette en or et la décapotable sur le parking. Ils me prenaient de haut et subissaient chacune de mes prouesses comme une atteinte à leur standing. Aussi, lorsque l'un d'eux me poussait à bout, Ezra ne cherchait même pas à savoir qui avait commencé ; il se mettait systématiquement de mon côté.

Il pousse la porte sans frapper, me regarde de guingois, un bout de sourire au coin des lèvres. C'est sa façon d'afficher sa satisfaction. Puis, comme je fais pivoter mon fauteuil pour me mettre face à lui, il enlève ses lunettes, les essuie sur le devant de sa blouse et dit :

— Il paraît que tu es allé dans les limbes le ramener, ton patient.

— N'exagérons rien.

Il remet ses lunettes sur son nez aux narines ingrates, dodeline de la tête ensuite, après une brève méditation, son regard retrouve son austérité.

— Tu viens au club, ce soir ?

— Impossible, ma femme rentre aujourd'hui.

— Et ma revanche ?

— Laquelle ? Tu n'as pas gagné une seule partie contre moi.

— Tu n'es pas réglo, Amine. Tu profites toujours de mes mauvaises passes pour me marquer des points. Aujourd'hui que je me sens en forme, tu te débines.

Je me renverse contre le dossier de mon siège pour mieux le dévisager.

— Tu veux que je te dise, mon pauvre Ezra ? Tu n'as plus ton punch d'autrefois et je m'en voudrais d'en abuser.

— Ne m'enterre pas trop vite. Je finirai bien par te clouer le bec une fois pour toutes.

— Tu n'as pas besoin de raquette pour ça. Une simple mise à pied ferait l'affaire.

Il promet d'y réfléchir, porte son doigt à sa tempe dans un salut désinvolte et retourne apostropher les infirmières dans les couloirs.

Resté seul, j'essaie de me rappeler où j'en étais avant l'intrusion d'Ezra et me souviens que j'allais appeler ma femme. Je prends le combiné, compose le numéro de chez moi et raccroche au bout de la septième sonnerie. Ma montre indique 13 h 12. Si Sihem avait pris l'autocar de 9 heures, elle serait arrivée depuis un bon bout de temps déjà.

— Ne te prends pas trop la tête ! me surprend le docteur Kim Yehuda en envahissant mon cagibi.

Elle ajoute derechef :

— J'ai frappé avant d'entrer. C'est toi qui étais dans les vapes…

— Excuse-moi, je ne t'ai pas entendue arriver.

Elle balaie mes excuses d'une main altière, surveille le remuement de mes sourcils et s'enquiert :

— Tu téléphonais chez toi ?

— On ne peut rien te cacher.

— Et, bien sûr, Sihem n'est pas encore rentrée ?

Sa perspicacité m'agace, mais j'ai appris à faire avec. Je connais Kim depuis l'université. Nous n'étions pas de la même promotion – j'avais trois longueurs d'avance sur elle – mais nous avions sympathisé dès nos premières rencontres. Elle était belle et spontanée et ne s'attardait pas là où les autres étudiantes retournaient sept fois la langue dans la bouche avant de demander du feu à un Arabe, même brillant et joli garçon. Kim avait le rire facile et le cœur sur la main. Nos flirts étaient troublants de naïveté. J'ai énormément souffert lorsqu'un jeune dieu russe, fraîchement débarqué de son komsomol, était venu me la ravir. Beau joueur, je n'avais rien contesté. Plus tard, j'ai épousé Sihem et le Russe est rentré chez lui sans préavis, au lendemain de la dislocation de l'empire soviétique ; nous sommes restés d'excellents amis, Kim et moi, et notre étroite collaboration a tissé autour de nous une formidable complicité.

— C'est le retour des vacances, aujourd'hui, me signale-t-elle. Les routes sont saturées. Tu as essayé de la joindre chez sa grand-mère ?

— Il n'y a pas de téléphone à la ferme.

— Appelle-la sur son mobile.

— Elle l'a encore oublié à la maison.

Elle écarte les bras en signe de fatalité :

— C'est pas de chance.

— Pour qui ?

Elle soulève son magnifique sourcil, et, du doigt, me met en garde.

— Le drame de certaines bonnes intentions est qu'elles n'ont ni le courage de leurs engagements ni de suite dans les idées.

— C'est l'heure des braves, dis-je en me levant. L'opération a été éprouvante et nous avons besoin de reprendre des forces…

La saisissant par le coude, je la pousse dans le couloir

— Passe devant, ma belle. Je veux voir toutes les merveilles que tu traînes derrière toi.

— Tu oserais me répéter ça en présence de Sihem ?

— Il n'y a que les imbéciles qui ne changent pas d'avis.

Le rire de Kim fuse dans le corridor comme l'éclat d'une guirlande au milieu d'un mouroir.

Ilan Ros nous rejoint à la cantine au moment où nous terminons de déjeuner. Son plateau surchargé, il s'installe à ma droite de manière à avoir Kim en face de lui. Le tablier ouvert sur son ventre pantagruélique et les bajoues écarlates, il commence d'abord par ingurgiter trois tranches de viande froide avant de s'essuyer la bouche dans une serviette en papier.

— Tu cherches toujours une résidence secondaire ? me demande-t-il dans un clapotis vorace.

— Ça dépend où.

— Je crois que je t'ai déniché quelque chose. Pas loin d'Ashqelon. Une jolie petite villa avec juste ce qu'il faut pour se déconnecter sur toute la ligne.

Ma femme et moi cherchons une petite maison au bord de la mer depuis plus d'un an. Sihem adore la mer. Un week-end sur deux, lorsque mes congés le permettent, nous sautons dans notre voiture et nous nous rendons sur la plage. Après avoir longuement marché sur le sable, nous surplombons une dune et nous contemplons l'horizon jusque tard dans la nuit. Le coucher de soleil a toujours exercé sur Sihem une fascination que je n'ai jamais réussi à cerner.

— Tu penses qu'elle est à portée de ma bourse ? demandé-je.

Ilan Ros émet un rire bref qui fait trembler son cou cramoisi comme de la gélatine.

— Depuis le temps que tu ne portes plus la main à ta poche, Amine, je pense que tu as largement de quoi t'offrir la moitié de tes rêves…

Soudain, une formidable explosion fait vibrer les murs et tintinnabuler les vitres de la cantine. Tout le monde se regarde, perplexe, puis ceux qui sont près des baies vitrées se lèvent et se retournent vers l'extérieur. Kim et moi fonçons sur la fenêtre la plus proche. Dehors, les gens qui vaquaient à leurs occupations dans la cour de l'hôpital se tiennent immobiles, la tête tournée vers le nord. La façade du bloc d'en face nous empêche de voir plus loin.

— C'est sûrement un attentat, dit quelqu'un.

Kim et moi nous ruons vers le couloir. Déjà, une escouade d'infirmières remonte du sous-sol et file au pas de course en direction du hall. À en juger par l'importance de l'onde de choc, le lieu de la déflagration ne doit pas être loin. Un vigile actionne son émetteur-récepteur pour s'enquérir de la situation. Son interlocuteur lui déclare qu'il n'est pas plus avancé. Nous prenons d'assaut l'ascenseur. Une fois au dernier étage, nous nous dépêchons vers la terrasse surplombant l'aile sud du bâtiment. Quelques curieux sont déjà là, la main en visière. Ils regardent du côté d'un nuage de fumée en train de s'élever à une dizaine de pâtés de maisons de l'hôpital.

— Ça vient du côté de Haqirya, rapporte un vigile dans son poste radio. Une bombe ou bien un kamikaze. Peut-être une voiture piégée. Je n'ai pas d'informations. Tout ce que je vois, c'est la fumée s'échappant de l'endroit ciblé…

— Il faut descendre, me dit Kim.

— Tu as raison. Il faut nous préparer à accueillir les premières évacuations.

Dix minutes après, des bribes d'informations font état d'un véritable carnage. Certaines parlent de bus agressé, d'autres d'un restaurant soufflé. Le standard menace de sauter. C'est l'alerte rouge.

Ezra Benhaïm décrète le déploiement de la cellule de crise. Les infirmières et les chirurgiens rejoignent les urgences où des chariots et des civières sont disposés dans un carrousel frénétique, mais ordonné. Ce n'est pas la première fois qu'un attentat secoue Tel-Aviv, et les secours sont menés au fur et à mesure avec une efficacité grandissante. Mais un attentat reste un attentat. À l'usure, on peut le gérer techniquement, pas humainement. L'émoi et l'effroi ne font pas bon ménage avec le sang-froid. Lorsque l'horreur frappe, c'est toujours le cœur qu'elle vise en premier.

Je rejoins les urgences à mon tour. Ezra est sur place, la figure blême, le mobile collé à l'oreille. De la main, il essaie de diriger les préparatifs opérationnels.

— Un kamikaze s'est fait exploser dans un restaurant. Il y a plusieurs morts et beaucoup de blessés, annonce-t-il. Faites évacuer les salles 3 et 4. Et préparez-vous à recevoir les premières victimes. Les ambulances sont en route.

Kim, qui était allée dans son bureau appeler de son côté, me rattrape dans la salle 5. C'est là que seront orientés les grands blessés. Parfois, le bloc opératoire ne suffisant pas, on procède à des amputations sur place. Avec quatre chirurgiens, nous vérifions les équipements d'intervention. Des infirmières s'affairent autour des billards, lestes et précises.

— Il y a au moins onze morts, m'apprend Kim en procédant à la mise en marche des appareils.

Dehors, les sirènes ululent. Les premières ambulances envahissent la cour de l'hôpital. Je laisse Kim s'occuper des appareils et rejoins Ezra dans le hall. Les cris des blessés retentissent dans la salle. Une femme presque nue, aussi énorme que sa frayeur, se contorsionne sur une civière. Les brancardiers qui l'assistent ont du mal à la tenir tranquille. Elle passe devant moi, les cheveux hérissés et les yeux exorbités. Tout de suite après elle, arrive le corps ensanglanté d'un jeune garçon. Il a la figure et les bras noircis comme s'il sortait d'une mine de charbon. Je m'empare de son chariot et le conduis sur le côté pour évacuer le passage. Une infirmière vient m'assister.

— Sa main est arrachée, s'écrie-t-elle.

— Ce n'est pas le moment de flancher, lui recommandé-je. Mettez-lui un garrot et conduisez-le au bloc sur-le-champ. Il n'y a pas une minute à perdre.

— Bien, docteur.

— Vous êtes sûre que ça peut aller ?

— Ne vous occupez pas de moi, docteur. Je me débrouillerai.

En l'espace d'un quart d'heure, le hall des urgences se transforme en champ de bataille. Pas moins d'une centaine de blessés s'y entassent, la majorité étalée à ras le sol. Tous les chariots sont encombrés de corps disloqués, horriblement criblés d'éclats, certains brûlés en plusieurs endroits. Les pleurs et les hurlements se déversent à travers tout l'hôpital. De temps en temps un cri domine le vacarme, soulignant le décès d'une victime. L'une d'elles me claque entre les mains, sans me laisser le temps de l'examiner. Kim me signale que le bloc est saturé et qu'il va falloir orienter les cas graves sur la salle 5. Un blessé exige que l'on s'occupe de lui immédiatement. Il a le dos écorché d'un bout à l'autre et une partie de l'omoplate à nu. Ne voyant personne venir à son secours, il saisit une infirmière par les cheveux. Il faut trois solides gaillards pour lui faire lâcher prise. Un peu plus loin, coincé entre deux chariots, un blessé hurle en se démenant comme un beau diable. Il finit par tomber de son brancard à force de s'agiter. Le corps tailladé, il se met à assener des coups de poing dans le vide. L'infirmière qui s'en occupe paraît dépassée. Ses yeux s'illuminent lorsqu'elle m'aperçoit.

— Vite, vite, docteur Amine…

D'un seul coup, le blessé se raidit ; ses râles, ses convulsions, ses ruades, tout son corps s'immobilise et ses bras s'affaissent sur sa poitrine, pareils à ceux d'un pantin auquel on vient de trancher les ficelles. En une fraction de seconde, ses traits congestionnés se défont de leur douleur et cèdent la place à une expression

20

démente, faite de rage froide et de dégoût. Au moment où je me penche sur lui, il me menace des yeux et retrousse les lèvres sur une grimace outrée.

— Je ne veux pas qu'un Arabe me touche, grogne-t-il en me repoussant d'une main hargneuse. Plutôt crever.

Je le saisis par le poignet et lui rabats fermement le bras contre le flanc.

— Tenez-le bien, dis-je à l'infirmière. Je vais l'examiner.

— Ne me touchez pas, s'insurge le blessé. Je vous interdis de porter vos mains sur moi.

Il me crache dessus. Essoufflé, sa salive lui retombe sur le menton, frissonnante et élastique tandis que des larmes furieuses se mettent à lui inonder les paupières. Je lui écarte la veste. Son ventre n'est plus qu'une bouillie spongieuse que chaque effort compresse. Il a perdu beaucoup de sang, et ses cris ne font qu'accentuer l'hémorragie.

— Il faut l'opérer tout de suite.

Je fais signe à un infirmier pour qu'il m'aide à remettre le blessé sur la civière puis, écartant les chariots qui nous barrent le chemin, je fonce sur le bloc. Le blessé me fixe haineusement de ses yeux sur le point de se révulser. Il tente de protester, mais ses contorsions l'ont épuisé. Terrassé, il détourne la tête de manière à ne plus m'avoir en face de lui et s'abandonne à l'engourdissement en train de le gagner.

2

Je quitte le bloc vers 22 heures.

J'ignore combien de personnes sont passées sur ma table d'opération. Chaque fois que j'en finissais avec l'une, les battants du bloc s'écartaient sur un nouveau chariot. Certaines interventions n'ont pas demandé beaucoup de temps, d'autres m'ont littéralement usé. J'ai des crampes partout, et des fourmillements autour des articulations. Par moments, ma vue s'embrouillait et je me sentais pris de vertige. Ce n'est que lorsqu'un gosse a failli me claquer entre les mains que j'ai jugé raisonnable de céder ma place à un remplaçant. De son côté, Kim a perdu trois patients, les uns après les autres, comme si un sortilège s'amusait à réduire en pièces ses efforts. Elle a quitté la salle 5 en pestant contre elle-même. Je crois qu'elle est montée dans son bureau pleurer les larmes de son corps.

D'après Ezra Benhaïm, le nombre de morts est revu à la hausse ; nous en étions à dix-neuf décès – dont onze écoliers qui fêtaient l'anniversaire d'une cama-rade dans le fast-food ciblé –, quatre amputations et trente-trois admissions critiques. Une quarantaine de blessés ont été récupérés par leurs proches, d'autres sont rentrés chez eux par leurs propres moyens après les soins d'urgence.

Dans le hall d'accueil, des parents se rongent les ongles en arpentant la salle d'un pas somnambulique. La majorité ne semble pas réaliser tout à fait l'ampleur de la catastrophe qui vient de la frapper. Une mère éperdue se cramponne à mon bras, les yeux incisifs. « Comment va ma petite fille, docteur ? Est-ce qu'elle va s'en tirer ? »… Un père rapplique ; son fils est en réanimation. Il veut savoir pourquoi l'opération perdure. « Ça fait des heures qu'il est là-dedans. Qu'est-ce que vous êtes en train de lui faire ? » Les infirmières sont harcelées de la même façon. Elles s'escriment tant bien que mal à calmer les esprits en promettant d'obtenir les informations qu'on leur réclame. Une famille m'aperçoit en train de rassurer un vieillard et commence à déferler sur moi. Je dois battre en retraite, prendre par la cour extérieure et contourner entièrement l'immeuble pour me rendre dans mon bureau.

Kim n'est pas dans le sien. Je la cherche chez Ilan Ros. Ros ne l'a pas vue. Les infirmières non plus.

Je me change pour rentrer chez moi.

Dans le parking, des policiers vont et viennent dans une sorte de frénésie feutrée. Le silence est rempli des grésillements de leurs postes radio. Un officier donne des instructions à partir d'un 4×4, le fusil-mitrailleur sur le tableau de bord.

Je regagne ma voiture, grisé par la brise du soir. La Nissan de Kim est rangée à l'endroit où je l'avais trouvée ce matin, les vitres de devant à moitié baissées à cause de la chaleur. J'en déduis que Kim est toujours à l'hôpital, mais je suis trop fatigué pour la chercher.

Au sortir de l'hôpital, la ville paraît sereine. Le drame qui vient de l'ébranler n'a pas égratigné ses habitudes. D'interminables files de voitures prennent d'assaut la rocade de Petah Tiqwa. Les cafés et les restaurants grouillent de monde. Les trottoirs sont envahis de noctambules. J'emprunte l'avenue Gevirol jusqu'à Bet Sokolov où un poste de contrôle, dressé après l'attentat, oblige les usagers de la route à contourner le quartier de Haqirya qu'un dispositif de sécurité draconien isole du reste de la ville. Je parviens à me faufiler jusqu'à la rue Hasmonaïm plongée dans un silence sidéral. De loin, je peux voir le fast-food soufflé par le kamikaze. La police scientifique quadrille l'endroit du drame et procède à des prélèvements. La devanture du restaurant est disloquée d'un bout à l'autre ; le toit s'est effondré sur l'ensemble de l'aile sud, zébrant le trottoir de traînées noirâtres. Un lampadaire déraciné est couché en travers de la chaussée jonchée de toutes sortes de débris. Le choc a dû être d'une violence inouïe ; les vitres des bâtiments alentour ont sauté et certaines façades se sont écaillées.

— Ne restez pas là, m'ordonne un flic surgi je ne sais d'où.

Il balaie ma voiture avec sa torche, l'oriente sur la plaque minéralogique avant de la diriger sur moi. Instinctivement, il fait un léger bond en arrière et porte son autre main à son pistolet.

— Pas de geste brusque, me prévient-il. Je veux voir vos mains sur le volant. Qu'est-ce que vous faites par ici ? Vous ne voyez pas que l'endroit est mis en quarantaine ?

— Je rentre chez moi.

Un deuxième agent arrive à la rescousse.

— Par où il est passé, celui-là ?

— Je n'en sais fichtre rien, dit le premier policier.

Le deuxième flic promène à son tour sa lampe sur moi, me dévisage d'un œil torve, méfiant.

— Vos papiers !

Je les lui tends. Il les vérifie, reporte sa torche sur mon visage. Mon nom arabe le chiffonne. C'est toujours ainsi après un attentat. Les flics sont sur les nerfs, et les faciès suspects exacerbent leurs susceptibilités.

— Sortez, me somme le premier agent, et mettez-vous face à la voiture.

Je m'exécute. Il me pousse brutalement contre la toiture de mon véhicule, m'écarte les jambes avec son pied et me soumet à une fouille méthodique.

L'autre flic va voir ce qu'il y a dans le coffre de la voiture.

— D'où est-ce que vous venez ?

— De l'hôpital. Je suis le docteur Amine Jaafari ; j'exerce en qualité de chirurgien à Ichilov. Je sors à l'instant du bloc opératoire. Je suis crevé et je veux rentrer chez moi.

— Ça va, dit l'autre policier en rabattant le couvercle du coffre. Rien à signaler de ce côté.

L'autre refuse de me laisser partir comme ça. Il s'éloigne un peu et communique au central ma filiation et les renseignements contenus sur mon permis de conduire et ma carte professionnelle. « C'est un Arabe naturalisé israélien. Il dit qu'il sort à l'instant de l'hôpital où il est chirurgien… Jaafari, avec deux a… Vérifie avec Ichilov… » Cinq minutes après, il revient, me rend mes papiers et, sur un ton péremptoire, me somme de rebrousser chemin sans me retourner.

J'arrive à la maison vers 23 heures. Soûl de fatigue et de dépit. Quatre patrouilles m'ont intercepté en cours de route, me passant au peigne fin. J'avais beau présenter mes papiers et décliner ma profession, les flics n'avaient d'yeux que pour mon faciès. Un moment, un jeune agent ne supportant pas mes protestations a braqué son arme sur moi et a menacé de me brûler la cervelle si je ne la bouclais pas. Il a fallu l'intervention musclée de l'officier pour le remettre à sa place.

Je suis soulagé d'atteindre ma rue sain et sauf.

Sihem ne m'ouvre pas. Elle n'est pas rentrée de Kafr Kanna. La femme de ménage a omis de passer, elle aussi. Je trouve mon lit défait, tel que je l'avais laissé au matin. Je consulte mon téléphone ; aucun message sur le répondeur. Après une journée aussi agitée que celle que je viens de négocier, l'absence de ma femme ne me préoccupe pas outre mesure. Elle a l'habitude de prolonger sur un coup de tête son séjour chez sa grand-mère. Sihem adore la ferme et les veillées tardives sur un tertre que la lune baigne de lumière tranquille.

Je vais me changer dans ma chambre, m'attarde sur la photo de Sihem trônant sur la table de chevet. Son sourire est grand comme un arc-en-ciel, mais son regard ne suit pas. La vie ne lui a pas fait de cadeaux. Orpheline de mère à dix-huit ans, morte d'un cancer, et de père, disparu dans un accident de la route quelques années plus tard, elle a mis une éternité avant d'accepter de me prendre pour époux. Elle avait peur que le sort, qui s'était acharné sur elle, ne revienne la désarçonner encore une fois. Après plus d'une décennie de vie conjugale, malgré l'amour que je lui prodigue, elle continue de craindre pour son bonheur, convaincue qu'un rien suffirait à le défigurer. Pourtant, la chance n'arrête pas d'apporter de l'eau à notre moulin. Quand Sihem m'a épousé, je n'avais, pour toute fortune, qu'un vieux tacot asthmatique qui n'arrêtait pas de tomber en panne à chaque coin de rue. Nous avions emménagé dans une cité prolétaire où les appartements n'avaient pas grand-chose à envier aux clapiers. Nos meubles étaient en Formica et il n'y avait pas toujours de rideaux à nos fenêtres. Aujourd'hui, nous occupons une magnifique demeure dans l'un des quartiers les plus huppés de Tel-Aviv et nous disposons d'un compte en banque assez consistant. Chaque été, nous nous envolons pour un pays de cocagne. Nous connaissons Paris, Francfort, Barcelone, Amsterdam, Miami et les Caraïbes, et nous avons un tas d'amis qui nous aiment et que nous aimons. Il nous arrive souvent de recevoir du monde chez nous, et d'être conviés à des soirées mondaines. Plusieurs fois récompensé pour mes travaux scientifiques et la qualité de mes services, j'ai réussi à me construire une honorable réputation dans la région. Sihem et moi comptons, parmi nos proches et nos confidents, des notables de la ville, des autorités civiles et militaires ainsi que quelques ténors du show-biz.

— Tu souris comme la chance, chérie, dis-je au portrait. Si seulement tu pouvais fermer les yeux de temps en temps.

Je baise mon doigt, le pose sur la bouche de Sihem et me précipite dans la salle de bains. Je reste une vingtaine de minutes sous une douche brûlante, ensuite, enveloppé dans un peignoir, je me rends dans la cuisine grignoter un sandwich. Après m'être brossé les dents, je retourne dans ma chambre, glisse dans mon lit et avale un comprimé pour dormir d'un sommeil de juste…

Le téléphone retentit en moi tel un marteau-piqueur, m'ébranlant de la tête aux pieds, comme une décharge d'électrochoc. Abasourdi, je tends une main tâtonnante vers le commutateur sans parvenir à le localiser. La sonnerie du téléphone continue d'exacerber mes sens. Un coup d'œil sur le réveil m'apprend qu'il est 3 h 20 du matin. De nouveau, je tends la main dans le noir, ne sachant plus si je dois décrocher ou allumer.

Je renverse quelque chose sur la table de chevet, m'y prends à plusieurs reprises avant de m'emparer du combiné.

Le silence qui s'ensuit me dégrise presque.

— Allô ?…

— C'est Naveed, me dit un homme au bout du fil.

Je mets un certain temps à reconnaître la voix écorchée de Naveed Ronnen, un haut fonctionnaire de la police. Le comprimé que j'ai pris me ravage l'esprit. J'ai l'impression de tournoyer au ralenti quelque part, que, suspendu entre l'engourdissement et la somnolence, le rêve que je faisais me disperse à travers d'autres rêves inextricables, déformant ridiculement la voix de Naveed Ronnen qui, ce soir, paraît émaner d'un puits.

Je repousse les draps pour me mettre sur mon séant. Mon sang bat sourdement contre mes tempes. Je dois puiser au plus profond de moi pour discipliner mon souffle.

— Oui, Naveed ?…

— Je t'appelle de l'hôpital. On a besoin de toi, ici.

Dans la pénombre de ma chambre, les aiguilles phosphorescentes du réveil s'entortillent en sécrétant des traînées verdâtres.

Le combiné pèse dans mon poing comme une enclume.

— Je viens juste de me coucher, Naveed. J'ai opéré toute la journée et je suis crevé. C'est le docteur Ilan Ros qui est de permanence. C'est un excellent chirurgien…

— Je suis désolé, il faut que tu viennes. Si tu ne te sens pas bien, j'envoie quelqu'un te chercher.

— Je ne crois pas que ça soit nécessaire, dis-je en fourrageant dans mes cheveux.

J'entends Naveed se racler la gorge au bout du fil, perçois sa respiration pantelante. Lentement, je recouvre mes esprits et commence à voir clair autour de moi.

Par la fenêtre, je vois un nuage filandreux tenter d'enrober la lune. Plus haut, des milliers d'étoiles se font passer pour des lucioles. Pas un bruit ne remue dans la rue. On dirait que la ville a été évacuée pendant que je dormais.

— Amine ?…

— Oui, Naveed ?

— Pas d'excès de vitesse. Nous avons tout notre temps.

— S'il n'y a pas urgence, pourquoi ?…

— S'il te plaît, m'interrompt-il. Je t'attends.

— D'accord, dis-je sans trop chercher à comprendre. Est-ce que tu peux me faire une petite faveur ?

— Ça dépend…

— Signale mon passage aux checkpoints et aux patrouilles. Tes hommes m'ont semblé bien nerveux, tout à l'heure, en rentrant.

— Tu as toujours la même Ford blanche ?

— Oui.

— Je vais leur toucher deux mots.

Je raccroche, reste un moment à considérer le combiné, intrigué par la nature de l'appel et le ton impénétrable de Naveed, ensuite, j'enfile mes pantoufles et vais dans la salle de bains me laver la figure.

Deux voitures de police et une ambulance se renvoient les lumières pivotantes de leurs gyrophares dans la cour des urgences. Après le tumulte de la journée, l'hôpital a retrouvé son allure de mouroir. Des agents en uniforme patientent çà et là, les uns tirant nerveusement sur des bouts de cigarette, les autres se tournant les pouces à l'intérieur de leur engin. Je range ma voiture dans le parking et me dirige vers l'accueil. La nuit s'est rafraîchie un peu, et une brise subreptice remonte de la mer, viciée de senteurs douceâtres. Je reconnais la silhouette dégingandée de Naveed Ronnen debout sur une marche. Son épaule s'incline nettement sur sa jambe droite qu'un accident de parcours avait écourtée de quatre centimètres, dix ans auparavant. C'est moi qui m'étais opposé à son amputation. À cette époque, je venais de gagner haut la main mes galons de chirurgien après une série d'interventions réussies. Naveed Ronnen fut l'un de mes patients les plus attachants. Il avait un moral d'acier et un sens de l'humour discutable certes, mais persévérant. Les premières blagues salées sur la police, je les tiens de lui. Plus tard, j'ai opéré sa mère, et ça nous a rapprochés davantage. Depuis, dès qu'il a un collègue ou un parent sur le billard, c'est à moi qu'il le confie.

Derrière lui, le docteur Ilan Ros est appuyé contre l'embrasure de l'entrée principale. La lumière du hall aggrave l'indélicatesse de son profil. Les mains dans les poches de sa blouse et la bedaine sur les genoux, il fixe le sol d'un air absent.

Naveed descend de la marche pour venir à ma rencontre. Lui aussi a les mains dans les poches. Son regard évite le mien. À son attitude, je devine que l'aube n'est pas prête de se lever.

— Bon, dis-je dans la foulée pour semer le pressentiment qui vient de me coller au train, je monte tout de suite me changer.

— Ce n'est pas la peine, me fait Naveed d'une voix détimbrée.

J'ai souvent eu affaire à sa mine déconfite lorsqu'il m'amenait des collègues sur une civière, mais celle qu'il affiche ce soir les supplante toutes.

Un frisson me griffe le dos avant d'étendre sa reptation furtive jusque dans ma poitrine.

— Le patient a succombé ? m'enquiers-je.

Naveed lève enfin les yeux sur moi. Rarement j'en ai vu de plus malheureux.

— Il n'y a pas de patient, Amine.

— Dans ce cas, pourquoi m'as-tu tiré de mon lit à une heure pareille s'il n'y a personne à opérer ?

Naveed semble ne pas savoir par où commencer. Son embarras stimule celui du docteur Ros qui se met à se trémousser de façon déplaisante. Je les dévisage tous les deux, de plus en plus agacé par le mystère qu'ils entretiennent avec une gêne grandissante.

— Va-t-on m'expliquer ce qui se passe, à la fin ? dis-je.

Le docteur Ros se donne un coup de reins pour se détacher de la paroi contre laquelle il était adossé et regagne la réception où deux infirmières visiblement aux abois feignent de consulter l'écran de leur ordinateur.

Naveed prend son courage à deux mains et me demande :

— Est-ce que Sihem est à la maison ?

Je sens mes mollets fléchir, mais je me ressaisis vite.

— Pourquoi ?

— Est-ce qu'elle est à la maison, Amine ?

Son ton se veut insistant, mais son regard s'affole déjà.

Une serre glaciale me froisse les tripes. Coincée dans mon gosier, ma pomme d'Adam m'empêche de déglutir.

— Elle n'est pas encore rentrée de chez sa grand-mère, fais-je. Elle est partie, il y a trois jours, à Kafr Kanna, près de Nazareth, rendre visite à sa famille…

Où veux-tu en venir ? Qu'est-ce que tu es en train de me dire, là ?

Naveed avance d'un pas. L'odeur de ses transpirations m'embrouille, exaspère le trouble en train de m'envahir. Mon ami ne sait plus s'il doit me prendre par les épaules ou garder ses mains sur lui.

— Qu'est-ce qu'il y a, bon sang ? Tu es en train de me préparer au pire ou quoi ? L'autocar, qui transportait Sihem, a eu un problème en route ? Il s'est renversé, n'est-ce pas ? C'est ce que tu es en train de me dire.

— Il ne s'agit pas d'autocar, Amine.

— Alors quoi ?

— Nous avons un cadavre sur les bras et il nous faut mettre un nom dessus, dit un homme trapu aux allures de brute en surgissant derrière moi.

Je me retourne vivement vers Naveed.

— Je crois qu'il s'agit de ta femme, Amine, cède-t-il, mais nous avons besoin de toi pour en être sûrs.

Je me sens me désintégrer...

Quelqu'un me saisit par le coude pour m'empêcher de m'écrouler. L'espace d'une fraction de seconde, l'ensemble de mes repères se volatilise. Je ne sais plus où j'en suis, ne reconnais même plus les murs qui ont abrité ma longue carrière de chirurgien... La main qui me retient m'aide à avancer dans un couloir évanescent. La blancheur de sa lumière me cisaille le cerveau. J'ai l'impression de progresser sur un nuage, que mes pieds s'enfoncent dans le sol. Je débouche sur la morgue comme un supplicié sur l'échafaud. Un médecin veille sur un autel... L'autel est recouvert d'un drap maculé de sang... Sous le drap maculé de sang, on devine des restes humains...

J'ai soudain peur des regards qui se retournent vers moi.

Mes prières résonnent à travers mon être telle une rumeur souterraine.

Le médecin attend que je récupère un peu de ma lucidité pour tendre la main vers le drap, guettant un signe de la brute de tout à l'heure pour le retirer.

L'officier secoue le menton.

— Mon Dieu ! m'écrié-je.

J'ai vu des corps mutilés dans ma vie, j'en ai raccommodé des dizaines ; certains étaient tellement abîmés qu'il était impossible de les identifier, mais les membres déchiquetés qui me font face, là sur la table, dépassent l'entendement. C'est l'horreur dans sa laideur absolue… Seule la tête de Sihem, étrangement épargnée par les dégâts qui ont ravagé le reste de son corps, émerge du lot, les yeux clos, la bouche entrouverte, les traits apaisés, comme délivrés de leurs angoisses… On dirait qu'elle dort tranquillement, qu'elle va soudain ouvrir les yeux et me sourire.

Cette fois, mes jambes fléchissent, et ni la main inconnue ni celle de Naveed ne parviennent à me rattraper.

3

J'ai perdu des patients pendant que je les opérais. On ne sort pas tout à fait indemne de ce genre d'échec. Mais l'épreuve ne s'arrêtait pas à ce niveau ; il me fallait en plus annoncer la terrible nouvelle aux proches du défunt qui retenaient leur souffle dans la salle d'attente. Je me souviendrai le restant de mes jours de leur regard angoissé tandis que je sortais du bloc opératoire. C'était un regard intense et lointain à la fois, chargé d'espoir et de peur, toujours le même, immense et profond comme le silence qui l'assistait. À cet instant précis, je perdais confiance en moi. J'avais peur de mes propos, du choc qu'ils allaient provoquer. Je me demandais comment les parents allaient accuser le coup, à quoi ils allaient penser en premier lorsqu'ils auraient compris que le miracle n'avait pas eu lieu.

Aujourd'hui, c'est mon tour *d'accuser le coup*. J'ai cru que le ciel me tombait dessus quand on a retiré le drap sur ce qu'il restait de Sihem. Pourtant, para-doxalement, je *n'ai pensé à rien.*

Effondré dans un fauteuil, je ne pense toujours à rien. Ma tête est sous vide. J'ignore si je suis dans mon bureau ou dans celui de quelqu'un d'autre. Je vois des diplômes accrochés au mur, les stores tirés de la fenêtre, des ombres qui vont et viennent dans le couloir, mais c'est comme si les choses évoluaient dans un monde parallèle d'où l'on m'a éjecté sans préavis aucun et sans la moindre retenue.

Je me sens patraque, halluciné, dévitalisé.

Ne suis qu'un énorme chagrin recroquevillé sous une chape de plomb, incapable de dire si j'ai conscience du malheur qui me frappe ou bien s'il m'a déjà anéanti.

Une infirmière m'a apporté un verre d'eau et s'est retirée sur la pointe des pieds. Naveed n'est pas resté longtemps avec moi. Ses hommes sont venus le chercher. Il les a suivis en silence, le menton dans le creux du cou. Ilan Ros a regagné sa permanence. Pas une fois il ne s'est approché de moi pour me réconforter. Ce n'est que bien plus tard que je me suis aperçu que j'étais seul dans le bureau. Ezra Benhaïm est arrivé dix minutes après mon passage à la morgue. Il était dans un état de délabrement avancé et chavirait de fatigue. Il m'a pris dans ses bras et m'a serré très fort contre lui. Un caillot dans la gorge, il n'a pas trouvé quoi me dire. Puis Ros est venu le prendre à part. Je les ai vus discuter dans le couloir. Ros lui chuchotait des choses dans l'oreille et Ezra avait de plus en plus de mal à hocher la tête. Il a dû s'adosser contre le mur pour ne pas tomber, et je l'ai perdu de vue.

J'entends des voitures dans la cour, des portières claquer. Tout de suite, des bruits de pas résonnent dans les corridors, enveloppés de friselis et de grognements. Deux infirmières passent en se dépêchant, un chariot fantomatique au bout des bras. Le raclement de semelles envahit l'étage, remplit le couloir, s'approche ; des hommes aux mines austères s'arrêtent en face de moi. L'un d'eux, court sur ses pattes et le front dégarni, se détache du groupe. C'est la brute qui se plaignait d'avoir un cadavre sur les bras et qui voulait que je l'aide à l'identifier.

— Je suis le capitaine Moshé.

Naveed Ronnen l'accompagne, deux pas derrière. Il ne paie pas de mine, mon ami Naveed. Il paraît dépassé, supplanté. Malgré ses galons de supérieur, il est soudain relégué au rang de figurant.

Le capitaine brandit un document.

— Nous avons un mandat de perquisition, docteur Jaafari.

— Perquisition ?…

— Vous avez très bien entendu. Je vous prie de nous accompagner chez vous.

J'essaie de déceler une quelconque lueur dans les yeux de Naveed ; mon ami regarde par terre. Je me retourne vers le capitaine.

— Pourquoi chez moi ?

Le capitaine plie le document en quatre et le glisse dans la poche intérieure de sa veste.

— D'après les premiers éléments de l'enquête, le démembrement que le corps de votre épouse a subi présente les blessures caractéristiques des kamikazes intégristes.

Je distingue nettement les propos de l'officier, mais n'arrive pas à mettre un sens dessus. Quelque chose se grippe dans mon esprit, pareil à une coquille qui se referme subitement sur une menace extérieure.

C'est Naveed qui m'explique :

— Il ne s'agit pas d'une bombe, mais d'un attentat suicide. Tout porte à croire que la personne qui s'est fait exploser au restaurant est ta femme, Amine.

La terre se dérobe sous mes pieds. Pourtant, je ne

sombre pas. Par dépit. Ou par désistement. Je refuse d'entendre un mot de plus. Je ne reconnais plus le monde où je vis.

Les lève-tôt se dépêchent vers les gares et les abribus. Tel-Aviv s'éveille à elle-même, plus entêtée que jamais. Quelle que soit l'ampleur des dégâts, aucun cataclysme n'empêchera la Terre de tourner.

Coincé entre deux brutes sur la banquette arrière de la voiture de police, je regarde les immeubles défiler de part et d'autre, les fenêtres éclairées où, par moments, se dessinent de fugitives ombres chinoises. Le vrombissement d'un camion retentit à travers la rue tel le cri d'une chimère ensommeillée que l'on dérange puis, de nouveau le silence groggy des matins ouvrables. Un ivrogne s'agite au milieu d'un square, probablement pour tenter de désarçonner les morpions en train de le bouffer cru. À un feu rouge deux agents de l'ordre veillent au grain, un œil derrière, l'autre devant, pareils aux caméléons.

Dans la cabine, on se tait. Le conducteur fait corps avec son volant. Il a les épaules larges et une nuque si courte qu'on le croirait tassé au pilon. Une seule fois, son regard m'a effleuré dans le rétroviseur, me faisant froid dans le dos... « D'après les premiers éléments de l'enquête, le démembrement que le corps de votre épouse a subi présente les blessures caractéristiques des kamikazes intégristes. » J'ai le sentiment que ces révélations me hanteront jusqu'à la fin de mes jours. Elles alternent dans mon esprit, d'abord au ralenti, ensuite, comme se nourrissant de leurs excès, s'enhardissent et m'assiègent de toutes parts. La voix de l'officier continue de marteler, souveraine et nette, absolument consciente de l'extrême gravité de ses déclarations : « La femme qui s'est fait exploser… la kamikaze… c'est votre femme… » Elle s'insurge, cette voix qui me vomit ; elle se soulève telle une vague obscure, submerge mes pensées, réduit en pièces mon incrédulité avant de se retirer d'un coup, emportant avec elle des pans entiers de mon être. Le temps de voir clair dans ma douleur, elle resurgit de ses lames de fond, bourdonnante, écumante, me charge comme si, rendue folle furieuse par ma perplexité, elle cherchait à me démanteler fibre par fibre jusqu'à me désintégrer…

Le flic sur ma gauche baisse la vitre. Une flopée d'air frais me cingle la figure. Les senteurs fétides de la mer évoquent un œuf pourri.

La nuit se prépare à lever le camp tandis que l'aurore s'impatiente aux portes de la ville. À travers l'échancrure des buildings, on peut voir la zébrure purulente fissurant méthodiquement les basques de l'horizon. C'est une nuit terrassée qui bat en retraite, flouée et abasourdie, encombrée de rêves morts et d'incertitudes. Dans le ciel où nulle trace de romance ne subsiste, pas un nuage ne se propose de modérer le zèle éclatant du jour en train de naître. Sa lumière se voudrait Révélation qu'elle ne réchaufferait pas mon âme.

Mon quartier m'accueille froidement. Un fourgon cellulaire est rangé devant ma villa. Des agents se tiennent debout de part et d'autre de ma grille. Un autre véhicule, à moitié garé sur le trottoir, laisse pirouetter les feux bleus et rouges de son gyrophare. Quelques bouts de cigarettes brasillent dans le noir, semblables à des boutons en pleine éruption.

On me fait descendre de la voiture.

Je pousse la grille, pénètre dans mon jardin, gravis

les marches du perron, ouvre la porte de ma maison. Je suis lucide, en même temps j'attends de me réveiller.

Sachant avec exactitude ce qu'ils ont à faire, les policiers s'engouffrent dans le vestibule et se ruent sur les pièces pour procéder à la perquisition.

Le capitaine Moshé me désigne un canapé dans le salon.

— On peut causer un peu, en tête à tête, vous et moi ?

Il me dirige vers le siège, le geste courtois mais ferme. Il s'applique à être à la hauteur de ses prérogatives, très soucieux de son statut d'officier, mais son obséquiosité manque de crédibilité. Ce n'est qu'un prédateur sûr de sa tactique maintenant que la proie est isolée. Un peu comme le chat jouant avec la souris, il fait durer le plaisir avant de passer à table.

— Asseyez-vous, je vous prie.

Il extirpe une cigarette d'un boîtier, la tapote contre son ongle et la visse au coin de sa bouche. Après l'avoir allumée avec un briquet, il rejette la fumée dans ma direction.

— J'espère que ça ne vous dérange pas si je fume ?

Il tire encore deux ou trois bouffées, suit les volutes de fumée jusqu'à ce qu'elles se confondent au plafond.

— *Elle* vous en bouche un coin, pas vrai ?

— Pardon ?

— Excusez-moi, je pense que vous êtes encore sous le choc.

Ses yeux effleurent les tableaux accrochés au mur, vont passer en revue les encoignures, glissent sur les rideaux imposants, s'attardent çà et là, puis reviennent m'acculer.

— Comment peut-on renoncer à un luxe pareil ?

— Pardon ?

— Je pense à voix haute, dit-il en agitant sa cigarette en signe d'excuse… J'essaie de comprendre, mais il y a des choses que je ne comprendrai jamais. C'est tellement absurde, tellement stupide… À votre avis, y avait-il une chance de la dissuader ?… Vous étiez sûrement au courant de son petit manège, non ?

— Qu'êtes-vous en train de me dire ?

— Je suis pourtant clair… Ne me regardez pas comme ça. Vous n'allez pas me faire croire que vous n'étiez au courant de rien ?

— De quoi me parlez-vous ?

— De votre épouse, docteur, de ce qu'elle vient de commettre.

— Ce n'est pas elle. Ça ne peut pas être elle.

— Et pourquoi pas elle ?

Je ne lui réponds pas, me contente de me prendre la tête à deux mains pour reprendre mes esprits. Il m'en empêche ; de sa main libre, il me relève le menton de manière à me fixer droit dans les yeux.

— Êtes-vous pratiquant, docteur ?

— Non.

— Et votre épouse ?

— Non.

Il fronce les sourcils :

— Non ?

— Elle ne faisait pas sa prière, si c'est ce que vous entendez par pratiquer.

— Curieux…

Il pose une fesse sur l'accoudoir du fauteuil d'en face, croise les genoux, enfonce le coude dans une cuisse et se prend délicatement le menton entre le pouce et l'index, l'œil plissé à cause de la fumée.

Son regard glauque s'arc-boute contre le mien.

— Elle ne faisait pas la prière ?

— Non.

— N'observait pas le ramadan ?

— Si.

— Ah !…

Il lisse l'arête de son nez, sans me quitter des yeux.

— En somme, une croyante récalcitrante… Pour brouiller les pistes et militer tranquillement quelque part. Elle agissait sûrement au sein d'une association caritative ou des trucs dans ce genre ; ce sont d'excellentes couvertures, très faciles à tirer vers soi en cas de pépins. Mais derrière le bénévolat, il y a toujours une affaire de gros bénéfices ; du blé pour les malins, un petit coin de paradis pour les simplets. J'en connais un bout ; c'est mon métier. J'ai beau croire toucher le fond de la bêtise humaine, je m'aperçois que je ne fais que graviter à sa périphérie..

Il m'envoie de la fumée sur la figure.

— Elle avait de la sympathie pour les brigades d'al-Aqsa, pas vrai ? Non, pas les brigades d'al-Aqsa. On raconte qu'elles ne privilégient pas les attentats suicides. Pour moi, tous ces fumiers se valent. Qu'ils soient du Jihad islamique ou du Hamas, ce sont les mêmes bandes de dégénérés prêtes à tout pour faire parler d'elles.

— Ma femme n'a rien à avoir avec ces gens. Il s'agit d'un horrible malentendu.

— C'est étrange, docteur. C'est exactement ce que disent les proches de ces fêlés lorsqu'on va les voir après l'attentat. Ils affichent tous le même air hébété que vous avez sur la figure, absolument dépassés par les événements. Est-ce une consigne générale pour gagner du temps ou est-ce une manière culottée de se payer la tête des gens ?

— Vous faites fausse route, capitaine.

Il me calme d'un geste de la main avant de me charger de nouveau.

— Comment elle était hier matin quand vous l'avez quittée pour vous rendre au boulot ?

— Ma femme est partie à Kafr Kanna, chez sa grand-mère, il y a trois jours.

— Donc, vous ne l'avez pas vue ces trois derniers jours ?

— Non.

— Mais vous lui avez parlé au téléphone.

— Non. Elle avait oublié son mobile à la maison et il n'y a pas de téléphone chez sa grand-mère.

— Elle a un nom, sa grand-mère ? demande-t-il en sortant un petit calepin de la poche intérieure de sa veste.

— Hanane Sheddad.

Le capitaine en prend note.

— Vous l'avez accompagnée à Kafr Kanna ?

— Non, elle est partie seule. Je l'ai déposée le mercredi matin à la gare routière. Elle a pris l'autocar pour Nazareth de 8 h 15.

— Vous l'avez vue partir ?

— Oui. J'ai quitté la gare routière en même temps que l'autocar.

Deux agents reviennent de mon bureau, chargés de chemises cartonnées. Un troisième leur colle au train, mon ordinateur sur les bras.

— Ils sont en train d'emporter mes dossiers.

— Nous vous les rendrons après consultation.

— Il s'agit de documents confidentiels, d'informations sur mes patients.

— Je suis désolé, mais il nous faut vérifier par nous-mêmes.

J'entends les portes de ma maison claquer, mes

43

tiroirs et mes meubles geindre dans un enchaînement de fracas et de crissements.

— Revenons un peu à votre épouse, docteur Jaafari.

— Vous faites fausse route, capitaine. Ma femme n'a rien à voir avec ce que vous lui reprochez. Elle s'est retrouvée dans ce restaurant exactement comme les autres. Sihem n'aime pas cuisiner lorsqu'elle rentre de voyage. Elle est allée manger tranquillement un morceau… C'est aussi simple que ça. Ça fait quinze ans que je partage sa vie et ses secrets. J'ai appris à la connaître, et si elle m'avait caché des choses, j'aurais fini par mettre le doigt dessus.

— J'ai été marié à une superbe femme, moi aussi, docteur Jaafari. Elle était toute ma fierté. Il m'a fallu sept ans pour apprendre qu'elle me cachait l'essentiel de ce qu'un homme doit connaître sur la fidélité.

— Ma femme n'avait aucune raison de me tromper.

Le capitaine cherche où se débarrasser de sa cigarette. Je lui montre une petite table en verre derrière lui. Il tire une dernière bouffée, plus longue que les précédentes, écrase laborieusement le mégot dans le cendrier.

— Docteur Jaafari, un homme aguerri n'est jamais tout à fait sorti de l'auberge. La vie est une perpétuelle vacherie, un long tunnel miné de trappes et de crottes de chiens. Que l'on se relève d'un bond ou que l'on reste à terre n'y change pas grand-chose. Il n'y a qu'une seule possibilité pour aller au bout des épreuves : se préparer tous les jours et toutes les nuits au pire… Votre femme ne s'était pas rendue dans ce restaurant pour casser la croûte, mais pour casser la baraque…

— Ça suffit, hurlé-je en me dressant, excédé… Il y a une heure, j'apprends que ma femme est morte dans un restaurant ciblé par un attentat terroriste. Tout de suite après on m'annonce que la kamikaze, c'est elle. C'est beaucoup trop pour un homme fatigué. Laissez-moi pleurer d'abord, ensuite achevez-moi, mais, de grâce, ne m'imposez pas l'émoi et l'effroi en même temps.

— Restez assis, docteur Jaafari, s'il vous plaît.

Je le repousse avec une hargne telle qu'il manque de culbuter par-dessus la petite table en verre derrière lui.

— Ne me touchez pas. Je vous interdis de poser vos mains sur moi.

Il se reprend vite et cherche à me maîtriser.

— Monsieur Jaafari...

— Ma femme n'a rien à voir avec cette tuerie. Il s'agit d'un attentat suicide, bon sang ! pas d'une alter-cation de ménagère. Il s'agit de *ma* femme. Qui est morte. Tuée dans ce restaurant maudit. Comme les autres. Avec les autres. Je vous interdis de salir sa mémoire. C'était une femme bien. Très bien même. Aux antipodes de ce que vous sous-entendez.

— Un témoin...

— Quel témoin ? Il se rappelle quoi au juste. La bombe que ma femme transportait ou bien son faciès ? Ça fait plus de quinze ans que je partage ma vie avec Sihem. Je la connais sur le bout de mes doigts. Je sais ce dont elle est capable et ce dont elle ne l'est pas. Elle avait les mains trop blanches pour que la moindre tache sur elles m'échappe. Ce n'est pas parce qu'elle est la plus atteinte qu'elle est suspecte. Si c'est ça, votre hypothèse, il doit y en avoir d'autres. Ma femme est la plus atteinte parce qu'elle était la plus exposée. L'engin explosif n'était pas sur elle, mais près d'elle, proba-blement dissimulé sous son siège, ou sous la table qu'elle occupait... À ma connaissance, aucun rapport officiel ne vous autorise à avancer des choses aussi graves. Par ailleurs, les premiers éléments d'enquête n'ont pas forcément le dernier mot. Attendons les communiqués des commanditaires. Faut bien que l'attentat soit revendiqué. Il y aura peut-être des cassettes vidéo à la clef, à votre attention et à l'attention des rédactions. Si kamikaze il y a, on le verra et on l'entendra.

— Ce n'est pas systématique, chez ces tarés. Parfois, ils se contentent d'un fax ou d'un appel téléphonique.

— Pas quand il s'agit de frapper les esprits. Et une femme kamikaze fait un tabac dans ce sens. Surtout si elle est naturalisée israélienne et mariée à un éminent chirurgien qui a souvent fait la fierté de sa ville et qui incarne la plus réussie des intégrations... Je ne veux plus vous entendre débiter de vos saloperies sur ma femme, monsieur l'officier. Ma femme est victime de l'attentat, elle n'est pas celle qui l'a commis. Il va vous falloir lever le pied, et tout de suite.

— Asseyez-vous ! fulmine le capitaine.

Son cri m'estoque de part et d'autre.

Mes jambes me lâchent et je m'affaisse sur le canapé.

À bout de forces, je prends ma tête à deux mains et me recroqueville sur moi-même. Je suis fatigué, usé, torpillé ; je prends l'eau de toutes parts. Le sommeil me malmène avec une rare muflerie ; je refuse de sombrer. Je ne veux pas dormir. J'ai peur de m'assoupir pour apprendre encore et encore, au sortir de mes rêves, que la femme que je chérissais le plus au monde n'est plus, qu'elle est morte déchiquetée dans un attentat terroriste ; peur de devoir subir à chacun de mes réveils la même catastrophe, le même sinistre... Et ce capitaine qui m'engueule, pourquoi ne tombe-t-il pas en poussière ? Je voudrais qu'il disparaisse sur-le-champ, que les esprits frappeurs hantant ma maison se transforment en courant d'air, qu'un ouragan défonce mes fenêtres et m'emporte loin, très loin du doute en train de me dévorer les tripes, de brouiller mes marques et de remplir mon cœur de graves incertitudes...

4

Le capitaine Moshé et ses assistants me tiennent en éveil vingt-quatre heures d'affilée. Les uns après les autres, ils se relaient dans la pièce sordide où se déroule l'interrogatoire. Cela se passe dans une sorte de trou à rat au plafond bas et aux murs insipides, avec une ampoule grillagée au-dessus de ma tête dont le grésillement continu est en passe de me rendre fou. Ma chemise trempée de sueur me ronge le dos avec la voracité d'un bouquet d'orties. J'ai faim, j'ai soif, j'ai mal et nulle part je ne vois le bout du tunnel. On a dû me porter par les aisselles pour m'emmener pisser. J'ai vidé la moitié de ma vessie dans mon caleçon avant que je parvienne à ouvrir la braguette. Pris de nausée, j'ai failli me casser la figure sur le bidet. On m'a carrément traîné en me ramenant dans ma cage. Ensuite, de nouveau le harcèlement, les questions, les coups de poing sur la table, les petites gifles pour m'empêcher de tourner de l'œil.

Chaque fois que le sommeil fausse mon discernement, on me secoue de la tête aux pieds et on me soumet au zèle d'un officier frais et dispo. Les questions sont toujours les mêmes. Elles résonnent dans mes tempes comme de sourdes incantations.

Je chavire sur la chaise métallique qui me lime les fesses, m'agrippe à la table pour ne pas tomber à la renverse, et d'un coup, tel un pantin désarticulé, je me décroche, et mon visage heurte violemment le bord de la table. Je crois que je me suis ouvert une arcade.

— Le chauffeur de l'autocar a formellement identifié votre épouse, docteur. Il l'a tout de suite reconnue sur la photo. Il a dit qu'effectivement elle était montée à bord de son bus en partance pour Nazareth, le mercredi à 8 h 15. Mais qu'au sortir de Tel-Aviv, à moins de vingt kilomètres de la gare routière, elle avait demandé à descendre, prétextant une urgence. Le conducteur a été contraint de s'arrêter sur le bas-côté. Avant de repartir, il a vu votre épouse monter dans une voiture qui suivait derrière. C'est ce détail qui l'a interpellé. Il n'a pas relevé le numéro d'immatriculation de la voiture, mais il dit qu'il s'agit d'une Mercedes ancien modèle, de couleur crème... Cette description ne vous dit rien, docteur ?

— Que voulez-vous que ça me dise ? J'ai une Ford récente, et elle est blanche. Ma femme n'avait aucune raison de descendre de l'autocar. Votre conducteur raconte n'importe quoi.

— Dans ce cas, il n'est pas le seul. Nous avons envoyé quelqu'un à Kafr Kanna. Hanane Sheddad dit qu'elle n'a pas vu sa petite-fille depuis plus de neuf mois.

— C'est une personne âgée...

— Son neveu, qui vit avec elle dans la ferme, le confirme aussi. Alors, docteur Jaafari, si votre épouse n'a pas remis les pieds à Kafr Kanna depuis plus de neuf mois, où était-elle passée ces trois derniers jours ?

Où était-elle passée ces trois derniers jours ?... Où

était-elle passée ?... Où était-elle ?... Les propos de l'officier se perdent dans une rumeur insondable. Je ne l'entends plus. Je vois juste ses sourcils qui tressautent en fonction des pièges qu'il me tend, sa bouche qui remue des arguments qui ne m'atteignent plus, ses mains qui décrivent leur impatience ou bien leur détermination...

Un autre officier débarque, la figure embusquée derrière des lunettes noires. Il me parle en agitant un doigt péremptoire. Ses menaces s'effilochent dans l'inconsistance de ma lucidité. Il ne reste pas longtemps et s'en va en pestant.

J'ignore l'heure qu'il est, s'il fait jour ou s'il fait nuit. On m'a enlevé ma montre. Mes interlocuteurs aussi ont pris le soin de se débarrasser de la leur avant de me rejoindre.

Le capitaine Moshé me revient, bredouille. La perquisition n'a rien donné. Lui aussi est fatigué. Il pue le mégot écrasé. Les traits tirés et les yeux rouges, il ne s'est pas rasé depuis la veille et sa bouche a tendance à ramollir sur le côté.

— Tout porte à croire que votre épouse n'a pas quitté Tel-Aviv le mercredi ni les jours d'après.

— Ça ne fait pas d'elle une criminelle pour autant.

— Vos rapports conjugaux étaient...

— Ma femme n'avait pas d'amant, le coupé-je.

— Elle n'était pas obligée de vous le signaler.

— Nous n'avions pas de secrets l'un pour l'autre.

— Le vrai secret ne se partage pas.

— Il y a sûrement une explication, capitaine. Mais pas dans le sens que vous lui donnez.

— Soyez raisonnable une seconde, docteur. Si votre femme vous a menti, si elle vous a fait croire qu'elle se rendait à Nazareth pour retourner à Tel-Aviv dès

51

que vous avez eu le dos tourné, c'est qu'elle ne jouait pas franc-jeu avec vous.

— C'est vous qui ne jouez pas franc-jeu, capitaine. Vous prêchez le faux pour savoir le vrai. Mais votre coup de bluff ne prend pas. Vous pouvez me garder éveillé tous les jours et toutes les nuits, vous ne me ferez pas dire ce que vous voulez entendre. Il va falloir vous payer une autre tête pour lui faire porter le chapeau.

Il s'énerve, sort dans le couloir. Revient un peu plus tard, le front racorni, les mâchoires comme des poulies qu'on n'arrive pas à débloquer. Son haleine me submerge. Il est à deux doigts de craquer.

Ses ongles rendent un affreux crissement lorsqu'il se gratte les joues.

— Vous n'allez pas me faire avaler de force que vous n'aviez rien remarqué de curieux dans le comportement de votre épouse, ces derniers temps. À moins que vous ne viviez plus sous le même toit.

— Ma femme n'est pas une islamiste. Combien de fois faut-il vous le répéter ? Vous faites fausse route. Laissez-moi rentrer chez moi. Je n'ai pas dormi depuis deux jours.

— Moi non plus, et je n'ai pas l'intention de fermer l'œil avant de tirer cette affaire au clair. La police scientifique est catégorique : votre épouse a été tuée par la charge explosive qu'elle portait sur elle. Un témoin, qui était attablé à l'extérieur du restaurant et qui n'a été que légèrement blessé, certifie avoir vu une femme enceinte près du banquet qu'avaient organisé des écoliers pour fêter l'anniversaire de leur petite camarade. Cette femme, il l'a reconnue sur la photo, sans hésitation. Et c'est votre épouse. Or vous avez déclaré qu'elle n'était pas enceinte. Vos voisins non plus ne se souviennent pas de l'avoir vue enceinte une seule fois depuis que vous vous êtes installés dans le quartier. L'autopsie aussi est catégorique là-dessus : pas de grossesse. Alors qu'est-ce qui gonflait le ventre de votre épouse ? Qu'est-ce qu'il y avait sous sa robe, si ce n'est cette maudite charge qui a bousillé la vie à dix-sept personnes, à des gosses qui ne demandaient qu'à gambader ?

— Attendez la cassette…

— Il n'y aura pas de cassette. Personnellement, je m'en contrefiche, des cassettes. Ça ne me pose pas problème. Ce qui me pose problème est ailleurs. Et ça me rend malade. C'est pourquoi il faut impérativement que je sache comment une femme appréciée par son entourage, belle et intelligente, moderne, bien intégrée, choyée par son mari et adulée par ses amies en majorité juives, a pu, du jour au lendemain, se bourrer d'explosifs et se rendre dans un lieu public remettre en question tout ce que l'État d'Israël a confié aux Arabes qu'il a accueillis en son sein. Vous rendez-vous compte de la gravité de la situation, docteur Jaafari ? On s'attendait à des félonies, mais pas de cette nature. J'ai tout remué autour de votre couple : vos relations, vos habitudes, vos péchés mignons. Résultat : je suis bluffé sur toute la ligne. Moi qui suis juif et officier des services israéliens, je ne bénéficie pas du tiers des égards qui vous sont rendus tous les jours par cette ville. Et ça me chamboule comme c'est pas possible.

— N'essayez pas d'abuser de mon état physique et moral, capitaine. Ma femme est innocente. Elle n'a absolument rien à voir avec les intégristes. Elle n'en a jamais rencontré, elle n'en a jamais parlé, elle n'en a jamais rêvé. Ma femme est allée dans ce restaurant pour déjeuner. Déjeuner. Ni plus ni moins... Laissez-moi tranquille, maintenant. Je suis crevé.

Sur ce, je croise les bras sur la table, appuie ma tête dessus et m'assoupis.

Le capitaine Moshé revient encore, et encore... Au bout du troisième jour, il ouvre la porte du trou à rat et me montre le couloir.

—Vous êtes libre, docteur. Vous pouvez rentrer chez vous et reprendre une vie normale si toutefois...

Je ramasse ma veste et titube le long d'un corridor où des officiers en chemise, les manches retroussées et la cravate défaite, me considèrent en silence. Ils ont l'air d'une horde de loups regardant s'éloigner la proie qu'ils croyaient avoir piégée. Un guichetier au profil mouvementé me remet ma montre, mon trousseau de clefs et mon portefeuille, me fait signer une décharge et rabat d'un coup sec la petite lucarne qui nous sépare. Quelqu'un m'escorte jusqu'à la sortie du bâtiment. Les lumières du jour m'agressent dès que je mets le pied dehors. Il fait beau ; un énorme soleil illumine la ville. Les bruits de la circulation me ramènent dans le monde des vivants. Je reste quelques instants au haut du perron à suivre le ballet ordinaire des voitures que des klaxons ponctuent çà et là. Il n'y a pas foule. Le quartier paraît négligé. Les arbres qui jalonnent la chaussée ne semblent pas le faire de gaieté de cœur et les badauds qui traînaillent alentour sont aussi tristes que leurs ombres.

Au bas des marches, une grosse voiture laisse tourner son moteur. Naveed Ronnen est au volant. Il met pied à terre et, un coude sur la portière, il attend que je le rejoigne. Je comprends aussitôt qu'il n'est pas étranger à ma libération.

Il fronce les sourcils quand j'arrive à sa hauteur. À cause de mon œil tuméfié.

— Ils t'ont cogné ?

— J'ai glissé.

Il n'est pas convaincu.

— C'est la vérité, je lui dis.

Il n'insiste pas.

— Je te dépose chez toi ?

— Je ne sais pas.

— Tu es dans un état lamentable. Il te faut prendre une douche, te changer et manger un morceau.

— Est-ce que les intégristes ont envoyé la cassette ?

— Quelle cassette ?

— Celle de l'attentat. Est-ce qu'on sait finalement qui est le kamikaze ?

— Amine…

Je recule pour esquiver sa main. Je ne supporte plus que l'on porte la main sur moi. Pas même pour me réconforter.

Mes yeux coincent ceux du flic et ne les lâchent plus.

— Si on m'a relâché, c'est qu'on a la certitude que ma femme n'y est pour rien.

— Il faut que je te dépose chez toi, Amine. Tu as besoin de prendre des forces. C'est ce qui compte dans l'immédiat.

— Si on m'a relâché, Naveed, vas-y… si on m'a relâché, c'est qu'on a… Qu'est-ce qu'on a découvert, Naveed ?

— Que *toi*, tu n'y es pour rien, Amine.

— Seulement moi ?…

— Seulement toi.

— Et Sihem ?…

— Tu dois payer la *knass* pour récupérer son corps. C'est le règlement.

— Une amende ? Et depuis quand ce règlement est-il en vigueur ?

— Depuis que les kamikazes intégristes…

Je l'interromps du doigt.

— Sihem n'est pas une kamikaze, Naveed. Tâche de t'en souvenir. Car j'y tiens plus que tout au monde. Ma femme n'est pas une tueuse d'enfants… Me suis-je bien fait comprendre ?

Je le plante là et m'en vais sans savoir où. Je n'ai plus envie que l'on me dépose chez moi ; je n'ai plus besoin que l'on porte la main sur mon épaule ; je ne veux voir personne ni de mon côté ni de l'autre.

La nuit me surprend sur une dalle, face à la mer. Je n'ai pas la moindre idée de ce que j'ai fait de ma journée. Je crois que je me suis endormi quelque part. Mes trois jours et trois nuits de captivité m'ont complètement démaillé. Je n'ai plus de veste. J'ai dû l'oublier sur un banc public ou peut-être quelqu'un me l'a-t-il volée. Une grosse tache souille le haut de mon pantalon, des éclats de vomissures bigarrent ma chemise ; je me rappelle vaguement avoir dégueulé au pied d'une passerelle. Comment j'ai traîné jusqu'à cette dalle surplombant la mer ? Je l'ignore.

Un paquebot scintille au large.

Plus près, les vagues se jettent éperdument contre les rochers. Leur fracas résonne dans ma tête comme des coups de massue.

La brise me rafraîchit. Je me ramasse autour de mes jambes, enfonce le menton entre mes genoux et écoute les rumeurs de la mer. Lentement, mes yeux s'embrouillent ; mes sanglots me rattrapent, se bousculent dans ma gorge et déclenchent une multitude de tremblements qui partent dans tous les sens à travers mon corps. Je prends alors ma figure à deux mains et, de gémissement en gémissement, je me mets à hurler comme un possédé dans le vacarme assourdissant des flots.

5

Quelqu'un a collé une affiche sur la grille de ma maison. Ce n'est pas exactement une affiche, mais la une d'un quotidien à grand tirage. Par-dessus une large photo décrivant le chaos sanglant autour du restaurant ciblé par les terroristes, on peut lire en gros caractères : LA BÊTE IMMONDE EST PARMI NOUS. Le titre s'étale sur trois colonnes.

La rue est déserte. Un réverbère anémique dispense sa lumière un halo livide qui ne dépasse pas le contour de la lampe. Mon voisin d'en face a fermé ses rideaux. Il est à peine dix heures et aucune fenêtre ne veille.

Les vandales du capitaine Moshé ne se sont pas gênés. Mon bureau est sens dessus dessous. Le même désordre règne dans ma chambre ; matelas retourné, draps par terre, tables de chevet et commode profanées, tiroirs renversés sur la moquette. La lingerie de ma femme traîne parmi les pantoufles et les produits cosmétiques. On a décroché mes tableaux pour regarder ce qu'il y avait derrière. On a aussi marché sur une très vieille photo de famille.

Je n'éprouve ni la force ni le courage d'aller dans les autres pièces évaluer les dégâts.

La glace de l'armoire me renvoie mon reflet. Je ne

me suis pas reconnu. Décoiffé, hagard, j'ai l'air d'un aliéné avec ma barbe naissante et mes joues taillées au burin.

Je me déshabille, vais me faire couler un bain ; trouve de la nourriture dans le frigo, saute dessus comme une bête affamée. Je mange debout, avec mes mains sales, manquant d'avaler de travers les bouchées que j'engloutis les unes après les autres avec une lamentable voracité. J'ai vidé une corbeille de fruits, deux assiettées de viande froide, sifflé deux bouteilles de bière d'une traite et léché un à un mes dix doigts dégoulinant de sauce.

Il m'a fallu repasser devant la glace pour m'apercevoir que je suis complètement nu. Je ne me souviens pas d'avoir erré chez moi en tenue d'Adam depuis que j'ai pris femme. Sihem était à cheval sur certains principes.

Sihem…

Que c'est déjà loin, tout ça !…

Je glisse dans la baignoire, laisse la chaleur de l'eau embaumer mon être, ferme les yeux et essaie de me dissoudre lentement dans la torpeur brûlante en train de me gagner…

— Mon Dieu !

Kim Yehuda est debout dans la salle de bains, incrédule. Elle regarde à droite, à gauche, se tape dans les mains comme si elle n'arrivait pas à admettre ce qu'elle voit, se retourne vivement vers le petit placard mural, y farfouille à la recherche d'une serviette.

— Tu as passé la nuit là-dedans ? s'écrie-t-elle, horrifiée et dépitée à la fois. Où avais-tu la tête, bon sang ? Tu aurais pu te noyer.

J'ai du mal à ouvrir les yeux. Peut-être à cause de

la lumière du jour. M'aperçois que j'ai dormi dans la baignoire toute la nuit. Dans l'eau qui s'est refroidie entre-temps, mes membres ne réagissent pas ; ils ont durci comme du bois ; une teinte violacée recouvre mes cuisses et mes avant-bras. Je me rends compte aussi que je n'arrête pas de grelotter en claquant des dents.

— Mais qu'est-ce que tu es en train de t'infliger, Amine ? Debout, sors de là immédiatement. Je vais choper la crève rien qu'à te regarder.

Elle m'aide à me relever, m'enveloppe dans un peignoir et me frotte énergiquement des cheveux aux mollets.

— C'est pas vrai, répète-t-elle. Comment tu as fait pour t'endormir avec de l'eau jusqu'au cou ? Tu te rends compte !… J'ai eu un pressentiment, ce matin. Quelque chose me disait qu'il fallait absolument faire un saut par ici avant de rejoindre l'hôpital… Naveed m'a appelée dès qu'on t'a relâché. Je suis passée trois fois, hier, mais tu n'étais pas encore rentré. J'ai pensé que tu étais allé chez un parent ou un ami.

Elle me conduit dans ma chambre, remet le matelas sur le lit et m'allonge dessus. Mes membres tremblent de plus en plus vite, mes mâchoires menacent de se fracasser.

— Je cours te préparer une boisson chaude, dit-elle en ramenant une couverture sur moi.

Je l'entends s'affairer dans la cuisine et me demander où j'avais mis telle ou telle chose. Le frémissement débridé de ma bouche m'empêche d'articuler un mot. Je me ramasse sous la couverture, en position fœtale, me fais tout petit dans l'espoir de me réchauffer un peu.

Kim m'apporte un grand bol de tisane, me relève la tête et entreprend de me verser le breuvage fumant et sucré dans la bouche. Une lave incandescente se ramifie dans ma poitrine et va embraser mon ventre.

Kim a du mal à contenir mes tressaillements.

Elle repose le bol sur la table de chevet, ajuste mon oreiller et me recouche.

— Tu es rentré quand ? Tard dans la nuit ou tôt le matin ? Quand j'ai trouvé la grille déverrouillée et la porte d'entrée grande ouverte, j'ai tout de suite craint le pire… Quelqu'un aurait pu s'introduire chez toi.

Je ne trouve rien à lui dire.

Elle m'explique qu'elle a un patient à opérer avant midi, tente de joindre la femme de ménage au téléphone pour lui demander de rappliquer, tombe à plusieurs reprises sur le répondeur, finit par laisser un message. Elle est inquiète de m'abandonner sans surveillance, réfléchit à une solution, n'en trouve pas. Elle se calme un peu en prenant ma température puis, après m'avoir préparé un repas, elle prend congé de moi en me promettant de revenir dès que possible.

Je ne l'ai pas vue partir.

Je crois que je m'étais rendormi..

Le grincement d'une grille me réveille. Je repousse la couverture et m'approche de la fenêtre. Deux adolescents furètent dans mon jardin, des rouleaux de papier sous les bras. Des dizaines de photos découpées dans des journaux jonchent mon gazon. Des badauds se sont rassemblés en face de ma maison. « Allez-vousen », crié-je. Ne parvenant pas à ouvrir la fenêtre, je me rue dans la cour. Les deux adolescents déguerpissent. Je les poursuis jusque dans la rue, pieds nus, la tête en ébullition… « Sale terroriste ! Fumier ! Traître d'Arabe ! » Les invectives me freinent net. Trop tard, je suis au beau milieu d'une meute surexcitée. Deux barbus nattés me crachent dessus. Des bras me bousculent. « C'est comme ça qu'on dit merci chez vous, sale Arabe ? En mordant la main qui vous tire de la merde ?… » Des ombres glissent derrière moi pour m'interdire toute retraite. Un jet de salive m'atteint à la figure. Une main me tire par le col de mon peignoir… « Regarde le château que tu occupes, fils de pute. Qu'est-ce qu'il vous faut de plus pour apprendre à dire merci ?… » On me secoue de part et d'autre. « Il faut d'abord le désinfecter avant de le foutre sur un bûcher… » Un coup de pied me foudroie au ventre, un autre me redresse. Mon nez explose, puis mes lèvres. Mes bras ne suffisent pas pour me protéger. Une averse de coups me dégringole dessus, et le sol se dérobe sous moi…

Kim me trouve gisant au milieu de l'allée. Mes agresseurs m'ont poursuivi jusque dans mon jardin et ont continué de me cogner dessus longtemps après m'avoir jeté à terre. À leurs prunelles éclatées et leur bouche effervescente, j'ai cru qu'ils allaient me lyncher.

Pas un voisin ne s'était porté à mon secours, pas une âme chrétienne n'a eu la présence d'esprit d'appeler la police.

— Je vais te conduire à l'hôpital, dit Kim.

— Non, pas à l'hôpital. Je ne veux pas retourner là-bas.

— Je crois que tu as quelque chose de cassé.

— N'insiste pas, je t'en prie.

— De toutes les façons, tu ne peux pas rester ici. Ils te tueront.

Kim réussit à me transporter dans ma chambre, me rhabille, jette quelques affaires dans mon sac et m'installe dans sa voiture.

Les barbus nattés resurgissent on ne sait d'où, probablement alertés par un guetteur.

— Laisse-le crever, crie l'un d'eux à Kim. C'est qu'un fumier…

Kim démarre sur les chapeaux de roue.

Nous traversons le quartier comme un bolide fou un champ de mines.

Kim me dirige droit sur un dispensaire, près de Yafo. La radio ne relève pas de fractures, mais un gros traumatisme s'est déclaré dans mon poignet droit et sur mon genou. Une infirmière désinfecte les écorchures sur mes bras, éponge mes lèvres éclatées, nettoie mes narines meurtries. Elle croit qu'il s'agit d'une querelle de soûlards ; ses gestes sont empreints de commisération.

Je quitte la salle des soins en sautillant sur une patte, un grotesque bandage autour de la main.

Kim me propose une épaule, je préfère m'appuyer contre le mur.

Elle m'emmène chez elle, sur Sederot Yerushalayim, dans un loft qu'elle avait acheté du temps où elle partageait sa vie avec Boris. Je venais souvent par ici célébrer un événement heureux ou passer une bonne soirée entre amis, avec Sihem. Les deux femmes s'entendaient bien, même si la mienne, plutôt réservée, demeurait constamment sur ses gardes. Kim n'en avait cure. Elle adore recevoir et faire la fête. Depuis qu'elle a survécu à la défection de Boris, elle met les bouchées doubles.

Nous prenons l'ascenseur. Une vieille mémé monte avec nous jusqu'au deuxième. Sur le palier du quatrième, un chiot se morfond, la laisse coincée dans la porte du fond. C'est le chiot de la voisine – elle s'en débarrassera dès qu'il aura atteint la maturité, pour se rabattre sur un autre ; c'est une pratique courante, chez elle.

Kim se dispute avec la serrure – comme chaque fois qu'elle est nerveuse. Des fossettes lui creusent les joues tandis qu'elle grimace de dépit. La petite colère lui réussit bien. Elle trouve enfin la bonne clef et s'efface pour me laisser entrer.

— Fais comme chez toi, me dit-elle.

Elle me retire mon veston, l'accroche dans le vestibule ; du menton, elle m'oriente vers le salon où se regardent en chiens de faïence une chaise en osier et un vieux fauteuil en cuir élimé. Un grand tableau surréaliste occupe la moitié du mur ; on dirait un gribouillage d'enfants instables fascinés par le rouge sang et le noir charbon. Sur le guéridon en fer forgé, découvert dans une brocante où Kim adore se rendre le weekend, parmi des bibelots en terre cuite et un cendrier plein comme une urne, un journal à grand tirage… Il est ouvert sur la photo de ma femme.

Kim se précipite dessus.

Je la retiens par la main.

— Ce n'est pas grave.

Confuse, elle ramasse quand même le journal et va le jeter dans le panier à ordures.

Je prends place dans le fauteuil, près de la porte-fenêtre qui donne sur un balcon encombré de pots de fleurs. L'appartement offre une vue dégagée sur l'avenue. Une circulation intense engrosse la chaussée. Le soir tombe la chemise, et la nuit s'annonce fébrile.

Nous dînons dans la cuisine, Kim et moi. Elle, à petites dents, moi, sans conviction. La photo sur le journal me colle aux paupières. Cent fois, j'ai voulu demander à Kim ce qu'elle pense de cette histoire que les journalistes peaufinent au gré de leurs délires ; cent fois, j'ai voulu lui prendre le menton à deux mains, la fixer droit dans les yeux et exiger d'elle qu'elle me dise exactement si elle croyait, en son âme et conscience, Sihem Jaafari, mon épouse, la femme avec qui elle a partagé tant de choses, capable de se bourrer d'explosifs et d'aller se faire exploser au milieu d'une fête. Je n'ai pas osé abuser de sa prévenance... En même temps, en mon for intérieur, je prie pour qu'elle ne dise rien, non plus, pour qu'elle ne me prenne pas la main en signe de compassion ; je ne survivrais pas au geste de trop... Nous sommes très bien ainsi ; le silence nous préserve de nous-mêmes.

Elle débarrasse sans trop de bruit, me propose un café. Je lui demande une cigarette. Elle fronce les sourcils. Ça fait des années que j'ai arrêté de fumer.

— Tu es sûr que c'est ce que tu veux ?

Je ne lui réponds pas.

Elle me tend le paquet, ensuite son briquet. Les premières bouffées font pétiller mon cerveau. Les suivantes me donnent le tournis.

— Tu ne peux pas baisser la lumière, s'il te plaît ?

Elle éteint le plafonnier et allume un abat-jour. La pénombre relative de la pièce atténue mes angoisses. Deux heures après, nous sommes dans la même position, face à face, les yeux perdus dans nos pensées.

— Il faut se mettre au lit, décrète-t-elle. J'ai une journée chargée demain, et je tombe de sommeil.

Elle m'installe dans la chambre d'amis.

— Ça te va ? Tu n'as pas besoin d'autres oreillers ?

— Bonne nuit, Kim.

Elle prend une douche avant d'éteindre dans sa chambre.

Plus tard, elle est venue voir si je dormais. J'ai feint de m'être assoupi.

Une semaine passe. Au cours de laquelle je n'ai pas remis les pieds chez moi. Kim m'héberge en veillant à ne pas égratigner mes susceptibilités – un artificier tripotant une bombe n'aurait pas été aussi attentionné.

Mes blessures se sont cicatrisées, mes contusions désenflées ; mon genou amoché ne m'oblige plus à sautiller, mais mon poignet est encore sous bandage.

Quand Kim n'est pas là, je m'enferme dans une pièce et ne bouge pas. Sortir pour aller où ? La rue ne m'attire pas. Que vais-je y trouver de plus qu'hier ? Certainement, beaucoup moins. Inutile d'essayer de se réconcilier avec les choses familières lorsque le cœur n'y est pas. Dans la pièce aux rideaux tirés, je me sens à l'abri. Je n'y risque pas grand-chose. Je ne suis pas tout à fait à mon aise, mais je ne suis pas, non plus, lésé. Je dois remonter la pente. Le fond ne sied à personne. Dans ce genre d'enlisement, si on ne réagit pas très vite, on n'est plus maître de quoi que ce soit. On devient spectateur de sa propre dérive, et on ne se rend pas compte du gouffre en train de se refermer sur soi pour toujours... Kim m'a proposé d'aller un soir chez son grand-père, sur la plage. J'ai dit que je n'étais pas près de renouer avec ce qui ne sera jamais plus comme avant. J'ai besoin de prendre du recul, de comprendre ce qu'il m'arrive. Pourtant, à longueur de journée, je me cloître dans la chambre et ne pense à rien. Sinon, je m'installe près de la porte-fenêtre du salon et passe le plus clair de mon temps à regarder sans voir les voitures frétiller sur le boulevard. Une seule fois, l'idée de sauter derrière un volant et de rouler au hasard jusqu'à explosion du radiateur m'a effleuré l'esprit ; je n'ai pas eu le courage de retourner à l'hôpital récupérer ma voiture.

Dès que j'ai pu marcher sans m'appuyer contre le

mur, j'ai demandé à voir Naveed Ronnen. Je voulais offrir une sépulture décente à ma femme. Je ne supportais pas de l'imaginer à l'étroit, dans ce casier frigorifiant de la morgue, une étiquette autour de l'orteil. Afin de m'épargner une colère inutile, Naveed m'a apporté des formulaires dûment remplis ; il n'avait besoin que de ma signature.

J'ai payé l'amende et récupéré le corps de ma femme sans rien dire à personne. J'ai tenu à enterrer Sihem dans la stricte intimité, à Tel-Aviv, la ville où nous nous étions rencontrés pour la première fois et où nous avions décidé de vivre jusqu'à ce que la mort nous sépare. Il n'y avait que moi au cimetière, hormis le fossoyeur et l'imam.

Lorsqu'on a recouvert de terre le fossé où reposera désormais le meilleur de ma vie, je me suis senti un peu mieux. C'est comme si je m'acquittais d'une tâche que je croyais inconcevable. J'écoute jusqu'au bout l'imam réciter des versets puis je lui glisse des billets de banque dans sa main faussement fuyante et rejoins la ville.

Je marche le long d'une esplanade donnant sur la mer. Des touristes prennent des photos souvenirs en se saluant. Quelques jeunes couples se content fleurette à l'ombre des arbres ; d'autres, la main dans la main, se promènent le long de la jetée. Je vais dans un petit bistro, commande un café, prends place dans un coin près de la baie vitrée et fume tranquillement cigarette sur cigarette.

Le soleil commence à afficher profil bas. Je hèle un taxi et lui demande de me déposer Sederot Yerushalayim.

Il y a du monde chez Kim. On ne m'entend pas rentrer. À partir du vestibule, je ne peux pas voir le salon. Je reconnais la voix d'Ezra Benhaïm, celle, beaucoup plus pesante, de Naveed, et la voix fluide de Benjamin, le frère aîné de Kim.

— Je ne vois pas le rapport, fait Ezra après s'être raclé la gorge.

— Il y a toujours un rapport là où l'on ne le soupçonne pas, dit Benjamin qui a longtemps enseigné la philosophie à l'université de Tel-Aviv avant de rejoindre un mouvement pacifiste très controversé à Jérusalem. C'est pourquoi nous n'arrêtons pas de passer à côté de la plaque.

— N'exagérons rien, proteste poliment Ezra.

— Les cortèges funèbres, qui s'entrecroisent de part et d'autre, nous ont-ils avancé à quelque chose ?…

— Ce sont les Palestiniens qui refusent d'entendre raison.

— C'est peut-être nous qui refusons de les écouter.

— Benjamin a raison, dit Naveed d'une voix calme et inspirée. Les intégristes palestiniens envoient des gamins se faire exploser dans un abribus. Le temps de ramasser nos morts, nos états-majors leur expédient des hélicos pour foutre en l'air leurs taudis. Au moment où nos gouvernants se préparent à crier victoire, un autre attentat remet les pendules à l'heure. Ça va durer jusqu'à quand ?

À cet instant précis, Kim sort de la cuisine et me surprend dans le couloir. Je pose un doigt sur la bouche pour la prier de ne pas me trahir, pivote sur mes talons et regagne le palier. Kim tente de me rattraper, déjà je suis dans la rue.

6

Me revoici dans mon quartier. Tel un fantôme sur les lieux du crime. Je ne sais pas comment j'ai échoué par ici. Après m'être sauvé de chez Kim, j'ai pris une avenue au hasard et marché jusqu'à ce que les crampes me cisaillent les jarrets, puis j'ai sauté dans un bus qui m'a déposé au terminus, dîné dans une guinguette à Shipara, lanterné de place en square pour déboucher en fin de parcours sur le quartier résidentiel où Sihem et moi avions jeté notre dévolu sept ans plus tôt, certains d'y élever un mausolée inexpugnable autour de notre idylle. C'est un beau quartier discret, jaloux de ses villas cossues et de ses quiétudes où se prélassent les grosses fortunes de Tel-Aviv ainsi qu'une colonie de parvenus, dont quelques émigrants de Russie reconnaissables à leur accent rustre et à leur manie de chercher à en mettre plein la vue aux voisins. La première fois que nous étions passés par là, Sihem et moi, nous avions été immédiatement séduits par le site. La lumière du jour y paraissait beaucoup plus éclatante qu'ailleurs. Nous avions aimé les façades en pierres taillées, les grilles en fer forgé et cette aura de félicité qui enveloppait les maisons aux fenêtres écarquillées et aux beaux balcons. À l'époque, nous habitions un quartier périphérique dissonant, dans un petit appartement au troisième d'un immeuble sans originalité où les scènes de ménage étaient monnaie courante. Nous nous serrions rigoureusement la ceinture pour mettre des sous de côté afin de déménager, mais nous étions loin de nous imaginer déballer nos valises dans un coin aussi huppé. Je n'oublierai jamais la joie de Sihem lorsque je lui ai retiré le bandeau des yeux pour lui faire découvrir *notre* maison. Elle a sauté si haut sur son siège que sa tête a fissuré le plafonnier de la voiture. Et la regarder éperdument heureuse comme une gamine dont on réalise le vœu le plus cher le jour de son anniversaire était, pour moi, un total enchantement. Combien de fois m'avait-elle sauté au cou pour m'embrasser sur la bouche, au vu et au su des badauds, elle qui rougissait comme une pivoine quand j'osais la pincer dans la rue ?... Elle a poussé la grille et foncé sur la porte en chêne massif. Son impatience était telle que je ne parvenais pas à mettre le grappin sur la bonne clef. Ses cris de joie résonnent encore dans mes tempes. Je la revois, les bras déployés, tournoyer au milieu du salon, semblable à une ballerine ivre de son art. Il m'a fallu la prendre à bras-le-corps pour contenir ses débordements. Ses yeux m'inondaient de gratitude ; son bonheur m'étourdissait. Et là, dans l'immense salle nue, nous avons étalé mon pardessus sur la dalle de sol et nous nous sommes aimés comme deux adolescents éblouis et effarouchés à la fois par les toutes premières éruptions de leurs corps en transe…

Il doit être onze heures, peut-être un peu moins, et pas âme en vue. La rue de mes réussites croule de sommeil ; ses réverbères sont consternants de nullité. Orpheline de sa romance, ma maison évoque une demeure hantée – l'obscurité qui l'entoile a quelque chose de terrifiant. On la croirait abandonnée depuis des générations. On a oublié de fermer les volets ; quelques vitres sont crevées. Des morceaux de papier jonchent le jardin aux fleurs dévastées. Dans notre fuite de l'autre jour, Kim a omis de verrouiller la grille qui, laissée grande ouverte par des visiteurs malintentionnés, ferraille doucement dans le silence telle une complainte diabolique. On a littéralement étripé la serrure avec une barre de fer. On a aussi déterré un gond et bousillé le carillon. Des coupures de presse, que la vindicte populaire a placardées sur mon muret, battent de l'aile au milieu de graffitis haineux. Il s'en est passé des choses durant mon absence…

Il y a du courrier dans ma boîte aux lettres. Parmi les factures, une petite enveloppe attire mon attention. Pas d'expéditeur ; juste un timbre et un tampon dessus. Elle a été postée de Bethléem. Mon cœur manque de se déboîter lorsque je reconnais l'écriture de Sihem. Je me précipite dans ma chambre, allume, m'assois près de la table de chevet sur laquelle trône la photo de ma femme.

Soudain, je me fige.

Pourquoi Bethléem ?… Que va-t-elle m'apporter, cette lettre d'outre-tombe ? Mes doigts tremblent ; ma pomme d'Adam s'affole dans ma gorge asséchée. Un moment, j'ai pensé remettre à plus tard de l'ouvrir. Je ne me sens pas en mesure de tendre l'autre joue, de prendre sur moi les abus du malheur qui me colle aux trousses depuis l'attentat. La tornade qui a dispersé mes appuis m'a sévèrement fragilisé ; je n'aurai pas la force de survivre à une autre vacherie… En même temps, je ne me sens pas capable d'attendre une seconde de plus. Toutes mes fibres sont tendues à rompre ; mes nerfs à fleur de peau sont à deux doigts de me court-circuiter.

Je respire un bon coup et déchire l'enveloppe – je me tailladerais le poignet que je ne me sentirais pas aussi en danger. Une sueur urticante dégouline dans mon dos. Mon cœur bat de plus en plus vite ; il résonne sourdement à mes tempes, remplissant la chambre d'échos vertigineux.

La lettre est brève, sans date ni en-tête. À peine quatre lignes rédigées à la hâte sur une feuille arrachée dans un cahier d'écolier.

Je lis :

> *À quoi sert le bonheur quand il n'est pas partagé, Amine, mon amour ? Mes joies s'éteignaient chaque fois que les tiennes ne suivaient pas. Tu voulais des enfants. Je voulais les mériter. Aucun enfant n'est tout à fait à l'abri s'il n'a pas de patrie... Ne m'en veux pas.*
>
> *Sihem.*

La feuille m'échappe, me tombe des mains. D'une secousse, tout s'effondre. Je ne retrouve nulle part la femme que j'ai épousée pour le meilleur et *pour toujours*, qui a bercé mes plus tendres années, paré mes projets de guirlandes étincelantes, comblé mon âme de douces présences. Je ne retrouve plus rien d'elle, ni sur moi ni dans mes souvenirs. Le cadre qui la retient captive d'un instant révolu, irrémédiablement résilié, me tourne le dos, incapable d'assumer l'image qu'il donne de ce que je croyais être la plus belle chose qui me soit arrivée. Je suis comme catapulté par-dessus une falaise, aspiré par un abîme. Je fais non de la tête, non des mains, non de tout mon être... *Je vais me réveiller...* Je suis réveillé. Je ne rêve pas. La lettre gît à mes pieds, bien réelle, remettant en question l'ensemble de mes convictions, pulvérisant une à une mes plus coriaces certitudes. Mes ultimes repères foutent le camp… *C'est pas juste…* Le film de mes trois jours de captivité déraille dans mon esprit. La voix du capitaine Moshé revient me persécuter, soulevant dans ses cris caverneux d'inextricables images tourbillonnantes. Par moments, des flashes en éclairent quelques-unes ; j'entrevois Naveed qui m'attend au bas des escaliers, Kim qui me ramasse à la petite cuillère sur l'allée, mes agresseurs qui veulent me lyncher dans mon propre jardin… Je prends ma tête à deux mains et m'abandonne à l'immense lassitude en train de me terrasser.

Que me sors-tu là, Sihem, mon amour ?

On croit savoir. Alors on baisse la garde et on fait comme si tout est au mieux. Avec le temps, on finit par ne plus prêter attention aux choses comme il se doit. On est confiant. Que peut-on exiger de plus ? La vie nous sourit, la chance aussi. On aime et on est aimé. On a les moyens de ses rêves. Tout baigne, tout nous bénit… Puis, sans crier gare, le ciel nous tombe dessus. Une fois les quatre fers en l'air, nous nous apercevons que la vie, *toute* la vie – avec ses hauts et ses bas, ses peines et ses joies, ses promesses et ses choux blancs ne tient qu'à un fil aussi inconsistant et imperceptible que celui d'une toile d'araignée. D'un coup, le moindre bruit nous effraie, et on n'a plus envie de croire à quoi que ce soit. Tout ce qu'on veut, c'est fermer les yeux et ne plus penser à rien.

— Tu as encore oublié de fermer ta porte ! me tance Kim.

Elle se tient sur le seuil de ma chambre, les bras croisés sur la poitrine. Je ne l'ai pas entendue arriver.

— Pourquoi tu es parti tout à l'heure ? Naveed et

Ezra étaient venus pour toi. Est-ce que tu ne supportes plus la vue de tes amis ?

Son sourire embarrassé s'estompe.

— Tu en fais une tête, dis donc ?

Je ne dois pas payer de mine car elle se précipite sur moi, me prend par les poignets pour vérifier s'ils sont indemnes :

— Tu ne t'es pas coupé, tout de même ? Purée ! tu n'as pas une goutte de sang sur la figure. Tu as vu un fantôme ou quoi ? Qu'est-ce qui ne va pas ? Dis quelque chose, bordel. Tu as avalé des saloperies, c'est ça ? Regarde-moi dans les yeux, et dis-moi si tu as avalé des saloperies. C'est fou ce que tu es en train de te faire, Amine ! crie-t-elle en cherchant autour d'elle la capsule de poison ou le flacon de somnifères. On ne peut plus te laisser seul une minute...

Je la regarde s'agenouiller, jeter un coup d'œil sous le lit, passer la main çà et là...

Ne reconnais pas ma voix lorsque je lui avoue :

— *C'est elle*, Kim... Mon Dieu ! Comment a-t-elle pu ?

Kim suspend ses faits et gestes. Se relève à moitié. Elle ne comprend pas.

— De quoi parles-tu ?

Elle aperçoit la lettre à mes pieds, la ramasse, la parcourt. Ses sourcils se retroussent lentement, cran par cran, au fur et à mesure qu'elle lit.

— Seigneur tout-puissant ! soupire-t-elle.

Elle me dévisage. Ne sachant pas la conduite à tenir. Au bout d'un cafouillage, elle m'ouvre ses bras. Je me blottis contre elle, me fais tout petit et, pour la deuxième fois en moins de dix jours, moi qui n'ai pas versé une seule larme depuis la mort de grand-père il y a plus de trente ans, je me mets à chialer comme dix mômes.

Kim est restée avec moi jusqu'au matin. En me réveillant, je la trouve recroquevillée dans un fauteuil, près de mon lit, visiblement à bout de forces. Le sommeil nous a surpris au moment où nous nous y attendions le moins. J'ignore qui de nous deux a sombré le premier. Je me suis assoupi chaussures aux pieds, la fermeture de mon veston au cou. Curieusement, j'ai le sentiment qu'un gros orage est passé. La photo de Sihem sur la table de chevet ne remue rien en moi. Son sourire s'est dissipé, son regard s'est révulsé ; mon chagrin m'a défoncé sans m'achever...

Dehors, des gazouillis grignotent le silence matinal. C'est fini, me dis-je. Le jour se lève et dans la rue et dans mon esprit.

Kim m'emmène chez son grand-père qui habite une petite maison au bord de la mer. Le vieux Yehuda n'est pas au courant de ce qui m'est arrivé, et c'est tant mieux. J'ai besoin de retrouver les regards d'avant, de ne pas prendre un silence pour de la gêne ou un sourire pour de la compassion. Durant le trajet, Kim et moi évitons de parler de la lettre. Afin de ne courir aucun risque, nous nous taisons. Kim conduit sa Nissan, des lunettes de soleil sur la figure. Ses cheveux palpitent dans le vent de la course. Elle regarde droit devant elle, les bras fermes autour du volant. De mon côté, je considère mon poignet bandé et essaie de m'intéresser au ronronnement du moteur.

Le vieux Yehuda nous reçoit avec sa courtoisie habituelle. Veuf depuis une génération, ses enfants sont partis sous d'autres cieux vivre leur vie. C'est un vieillard décharné, aux pommettes osseuses et aux yeux immobiles dans un visage ravagé. Il relève d'un cancer de la prostate qui l'a flétri en quelques mois. Il est toujours content lorsqu'on lui rend visite. Pour lui, c'est comme si on le ressuscitait. Il vit en ermite malgré lui, oublié dans sa maison qu'il avait construite de ses mains, au milieu de ses livres et de ses photos racontant de long en large les horreurs de la Shoah. Aussi quand un parent ou un ami vient frapper à sa porte, c'est comme si on soulevait la trappe sous laquelle il se terre pour mettre un peu de lumière dans sa nuit.

Nous déjeunons tous les trois dans un restaurant près de la plage. La journée est belle. Hormis un nuage ébouriffé en train de s'effranger dans les airs, le soleil dispose du ciel pour lui seul. Quelques familles se prélassent sur le sable, les unes autour d'un pique-nique improvisé sur place, les autres préférant marcher, l'eau jusqu'aux mollets. Des enfants se pourchassent en piaillant comme des oiseaux…

— Pourquoi tu n'as pas amené Sihem avec toi ? me demande à bout portant le vieux Yehuda.

Mon cœur cesse de battre.

Kim manque d'avaler son olive de travers, prise au dépourvu elle aussi. Elle redoutait une sortie de ce genre de la part de son grand-père, mais l'attendait beaucoup plus tôt car, ne voyant rien venir, elle a fini par relâcher sa vigilance. Je la vois se raidir, la figure cramoisie, guettant ma réponse comme un coupable la sentence. J'essuie mes lèvres dans une serviette et, au bout d'un silence méditatif, je réponds que Sihem avait un empêchement. Le vieux Yehuda hoche la tête et se remet à touiller sa soupe. Je comprends qu'il a dit ça comme ça, probablement pour rompre le silence qui nous mettait en quarantaine chacun dans son coin.

Après le repas, le vieux Yehuda rentre piquer sa sieste et nous partons, Kim et moi, marcher sur le sable. Nous sillonnons la plage d'un bout à l'autre, les mains derrière le dos, la tête ailleurs. Quelquefois, une vague téméraire roule jusqu'à nous, nous lèche les chevilles et se retire subrepticement.

Épuisés et ressourcés à la fois, nous allons sur une dune guetter le coucher de soleil. La nuit nous soustrait au désordre des choses. Ça nous fait du bien, à tous les deux.

Yehuda vient nous chercher. Nous dînons sous la véranda, en écoutant la mer démonter les rochers. Chaque fois que le vieux Yehuda veut nous raconter l'histoire de sa famille déportée, Kim lui signale qu'il a promis de ne pas altérer la soirée. Il reconnaît s'être engagé à ne pas remettre ses misères d'antan sur le tapis et se case sur sa chaise, un peu ennuyé de garder ses souvenirs pour lui.

Kim me propose un lit de camp dans la chambre d'en haut et choisit de dormir par terre, sur un matelas éponge. Nous éteignons tôt.

Toute la nuit, j'ai essayé de comprendre comment Sihem en était arrivée là. À partir de quel moment elle avait commencé à m'échapper. Comment ai-je pu ne rien remarquer ?... Elle a sûrement essayé de me faire un signe, de me dire quelque chose que je n'ai pas su saisir au vol. Où avais-je la tête ? C'est vrai, son regard avait perdu beaucoup de sa splendeur, ces derniers temps ; ses rires s'étaient espacés, mais était-ce là *le* message qu'il me fallait déchiffrer, la main tendue qu'il me fallait absolument attraper pour empêcher la crue de me la confisquer ? Dérisoires indices pour quelqu'un qui ne lésinait pas sur les moyens afin de rendre sa fête à chaque baiser et son orgasme à chaque étreinte. Je remue de fond en comble les souvenirs en quête d'un détail susceptible de rassurer mon âme ; rien de probant. Entre Sihem et moi, c'était le parfait amour

– pas une fausse note ne semblait érafler les sérénades qui le saluaient. Nous ne nous parlions pas, nous nous *disions* comme dit le conteur des idylles bénies. Si elle avait gémi quelquefois, je l'aurais crue chanter car je ne pouvais la soupçonner à la périphérie de mon bonheur alors qu'elle l'incarnait en entier. Une seule fois, elle avait parlé de mourir. C'était sur le bord d'un lac suisse tandis que l'horizon crépusculaire se prenait pour un tableau de maître : « Je ne te survivrais pas une minute de plus », m'avait-elle confié. « Tu es le monde, pour moi. Je succombe toutes les fois où je te perds de vue. » Elle était rayonnante dans sa robe blanche, ce soir-là, Sihem. Les hommes attablés autour de nous sur la terrasse du restaurant la dévoraient des yeux. Le lac semblait s'inspirer de sa fraîcheur pour accueillir celle de la nuit… Non, ça n'était pas à cet endroit qu'elle m'avertissait ; elle était si heureuse, si attentive au souffle qui faisait frissonner la surface de l'eau ; elle était ce que la vie pouvait m'offrir de plus beau.

Le vieux Yehuda se lève le premier. Je l'entends préparer du café. Je me défais de la couverture, enfile mon pantalon et mes chaussures, enjambe Kim couchée en chien de fusil au pied de mon lit, le drap entortillé autour des mollets.

Dehors, la nuit plie bagage.

Je descends au rez-de-chaussée, salue Yehuda attablé dans la cuisine, un bol fumant entre les mains.

— Bonjour, Amine… Il y a du café sur le réchaud.

— Plus tard, je lui dis. Je vais d'abord voir se lever le jour.

— C'est une excellente idée.

Je dévale un petit sentier jusqu'à la plage, occupe un

rocher et me concentre sur la brèche infinitésimale en train de griffer les ténèbres. La brise fourrage sous ma chemise, ébouriffe mes cheveux. Je ceinture mes genoux avec mes bras, pose délicatement mon menton dessus et ne quitte plus des yeux la zébrure opalescente retroussant doucement les basques de l'horizon…

— Laisse la rumeur des flots absorber celle qui chahute ton intérieur, me surprend le vieux Yehuda en se laissant choir à côté de moi. C'est la meilleure façon de faire le vide en soi…

Il écoute une vague se gargariser dans le creux du rocher puis, passant son poignet sur son nez, il me confie :

— Il faut toujours regarder la mer. C'est un miroir qui ne sait pas nous mentir. C'est aussi comme ça que j'ai appris à ne plus regarder derrière moi. Avant, dès que je jetais un coup d'œil par-dessus mon épaule, je retrouvais intacts mes chagrins et mes revenants. Ils m'empêchaient de reprendre goût à la vie, tu comprends ? Ils gâchaient mes chances de renaître de mes cendres…

Il déterre un galet, le soupèse distraitement.

Sa voix se lézarde quand il ajoute :

— C'est pour cette raison qu'à mon âge finissant j'ai choisi de mourir dans ma maison au bord de l'eau… Qui regarde la mer tourne le dos aux infortunes du monde. Quelque part, il se fait une raison.

Son bras décrit un arc lorsqu'il balance le caillou dans les flots.

— J'ai passé le plus clair de ma vie à traquer les souffrances d'antan, raconte-t-il. Rien ne valait, pour moi, un recueillement ou une commémoration. J'étais persuadé n'avoir survécu à la Shoah que pour en entretenir le souvenir. Je n'avais d'yeux que pour les stèles funéraires. Dès que j'apprenais que l'on en inaugurait une quelque part, je sautais aussitôt dans un avion pour être aux premières loges. J'enregistrais toutes les conférences ayant trait au génocide juif et parcourais la terre d'un bout à l'autre pour relater ce que notre peuple a enduré dans les camps d'extermination, suspendu entre les chambres à gaz et les fours crématoires… Pourtant, je n'ai pas vu grand-chose de l'Holocauste. J'avais quatre ans. Je me demande parfois si certains de mes souvenirs n'étaient pas le fruit de traumatismes contractés bien après la guerre, dans les salles obscures où l'on projetait des documentaires sur les atrocités nazies.

Après un long silence, au cours duquel il doit lutter pour contenir le flux de ses émotions, il poursuit :

— J'étais né pour être heureux. La providence semblait avoir mis toutes les chances de mon côté. J'étais sain de corps et d'esprit. Ma famille était aisée. Mon père, médecin, exerçait dans le plus prestigieux cabinet de Berlin. Ma mère enseignait l'histoire de l'art à l'université. Nous habitions une superbe maison dans un quartier chic. Avec un jardin grand comme un pré. Nous avions des domestiques qui étaient aux petits soins pour moi, le benjamin d'une fratrie de six enfants.

« On voyait bien que tout n'était pas rose en ville. La ségrégation raciale gagnait du terrain, tous les jours un peu plus. Les gens faisaient des réflexions désobligeantes lorsqu'ils nous croisaient dans la rue. Mais dès que nous rentrions chez nous, nous étions au cœur même du bonheur…

« Puis, un matin, nous avons dû renoncer à notre havre tranquille pour rejoindre d'interminables cohortes de familles déboussolées, expulsées de chez elles et livrées aux démons de la *Kristalnacht*. Il est des matins qui se lèvent sur d'autres nuits. Celui de l'automne 1938 en est certainement le plus abyssal. Je me souviendrai longtemps du silence qui escortait le malheur de ces gens au regard vide et dont l'étoile jaune faussait outrageusement la coupe de leurs vêtements.

— L'étoile jaune a fait son apparition en septembre 1941.

— Je sais. Pourtant, elle est là, greffée à chacun de mes souvenirs, infestant ma mémoire jusque dans ses derniers retranchements. Je me demande si je ne suis pas né avec... Je n'étais pas plus haut que trois pommes, cependant il me semble que je voyais par-dessus la tête des adultes, sans entrevoir le moindre petit bout d'horizon. C'était un matin unique en son genre. La grisaille nous cernait de partout, et la brume effaçait nos traces sur les chemins du non-retour. Je me rappelle chaque frémissement sur les visages éteints, les hébétudes chargées de drames, des feuilles mortes qui sentaient la bête crevée. Lorsqu'un coup de crosse jetait par terre un damné épuisé, je levais les yeux sur mon père pour essayer de comprendre ; il fourrageait dans mes cheveux et me chuchotait : « Ce n'est rien. Ça va s'arranger... » Je te jure que je ressens encore, à l'instant où je te parle, ses doigts contre mon crâne, et j'en ai la chair de poule...

— *Sabba*, l'apostrophe Kim en nous rejoignant.

Le vieillard lève les bras comme un galopin surpris le doigt dans le pot de confiture.

— Je vous demande pardon. C'est plus fort que moi. J'ai beau promettre de ne plus remuer le couteau dans la plaie, c'est exactement ce que je fais chaque fois que je crois avoir quelque chose à dire.

— C'est parce que tu ne regardes pas assez la mer, *sabba* chéri, lui dit Kim en lui massant tendrement le cou.

Le vieux Yehuda médite les propos de sa petite-fille comme s'il les entendait pour la première fois. Ses yeux se voilent d'une grisaille lointaine, hantée d'évocations tragiques. Pendant quelques instants, il paraît ne plus savoir où il en est et a du mal à se ressaisir ensuite, les mains de sa petite-fille lui soutenant la nuque, il recouvre un peu de sa lucidité.

— Tu as raison, Kim. Je parle trop...

Puis, d'une voix chevrotante :

— Je ne comprendrai jamais pourquoi les survivants d'un drame se sentent obligés de faire croire qu'ils sont plus à plaindre que ceux qui y ont laissé leur peau.

Son regard court sur le sable de la plage, plonge au milieu des vagues et va se perdre au large tandis que sa main diaphane monte lentement vers celle de sa petite-fille.

Tous les trois, perclus chacun dans son silence, nous contemplons l'horizon que l'aurore embrase de mille feux, certains que le jour qui se lève, pas plus que ceux qui l'ont précédé, ne saurait apporter suffisamment de lumière dans le cœur des hommes.

7

C'est finalement Kim qui est allée chercher ma voiture à l'hôpital. Aux dernières nouvelles, je suis *persona non grata* là-bas. Ilan Ros a réussi à dresser la majorité du personnel soignant contre moi. Parmi les signataires des pétitions s'opposant à mon retour, certains ont même suggéré que l'on me déchoie de ma nationalité israélienne.

L'attitude d'Ilan Ros ne me surprend pas outre mesure. Il a perdu son frère cadet, sergent auprès des gardes-frontières, dans une embuscade au sud du Liban, il y a une dizaine d'années. Il ne s'en est jamais remis. Bien qu'il nous arrive souvent d'être ensemble, il s'interdit d'oublier d'où je viens et de qui je tiens. À ses yeux, en dépit de mes compétences de chirurgien et de mes aptitudes relationnelles aussi bien dans la profession que dans la ville, je reste l'Arabe – indissociable du bougnoule de service et, à un degré moindre, de l'ennemi potentiel. Au début, je le soupçonnais de flirter avec quelque mouvement ségrégationniste ; je me trompais – il était seulement jaloux de ma réussite. Je ne lui en tenais pas rigueur. Cela ne l'a pas assagi. Lorsque les égards que mes travaux suscitaient lui tapaient sur le système, il attribuait mes lauriers à une simple mesure démagogique qui consisterait à faire le lit de l'intégration dont j'étais le spécimen le plus probant. L'attentat suicide de Haqirya est tombé à point pour légitimer le sursaut de ses vieux démons.

— Voilà que tu parles seul, me surprend Kim.

Sa fraîcheur me surprend aussi. On dirait une fée surgissant d'une fontaine de jouvence, avec ses cheveux noirs cascadant dans son dos et ses grands yeux soulignés au crayon noir. Elle porte un pantalon blanc d'une coupe impeccable et une chemise si légère qu'elle épouse parfaitement le vallonnement voluptueux de sa poitrine. Son visage est reposé, et son sourire radieux. J'ai l'impression de la remarquer enfin après tant de jours et de nuits partagés dans une sorte d'état second. Pas plus tard qu'hier, elle n'était qu'une ombre qui gravitait autour de mes interrogations. Je suis incapable de me rappeler comment elle était habillée, si elle était maquillée, si ses cheveux étaient sur ses épaules ou bien ramassés autour d'un chignon.

— On n'est jamais vraiment seul, Kim.

Elle pousse une chaise vers moi et s'assoit dessus à califourchon. Son parfum m'enivre presque. Je vois ses mains transparentes blanchir aux jointures en étreignant le dossier du siège. Sa bouche hésitante frémit lorsqu'elle me demande :

— Alors dis-moi à qui tu parlais ?

— Je ne parlais pas, je réfléchissais à voix haute.

La sérénité de mon ton l'enhardit. Elle se penche par-dessus le dossier de la chaise pour me regarder de plus près et me confie dans un murmure qui se veut complice :

— En tous les cas, tu avais l'air en bonne compagnie. Ta tristesse t'embellissait.

— C'était probablement mon père. Je pense souvent à lui, ces derniers temps.

Ses mains viennent réconforter les miennes. Nos regards se croisent, mais se détournent aussitôt, craignant de se découvrir des lueurs qui les indisposeraient.

— Comment va ton poignet ? s'enquiert-elle pour repousser la gêne qui s'est brusquement installée dans la pièce.

— Il m'empêche de dormir. J'ai comme un caillou planté dans le creux de la paume, et des fourmillements aux articulations.

Kim effleure le bandage qui m'enserre la main, me remue tendrement les doigts.

— À mon avis, on devrait retourner dans le dispensaire tirer cette affaire au clair. La première radio était mauvaise. Tu as peut-être une fracture.

— J'ai essayé de conduire, ce matin. J'ai eu du mal avec le volant.

— Tu voulais partir où ? fait-elle, déconcertée

— Aucune idée.

Elle se lève, les sourcils froncés.

— Allons voir ce poignet, c'est plus raisonnable.

Elle me reconduit au dispensaire à bord de son véhicule. Durant le trajet, elle ne souffle mot, occupée certainement à deviner où j'avais l'intention de me rendre ce matin en sautant derrière mon volant. Elle doit se demander si, à force de me couver de mille précautions, elle n'est pas en train de m'étouffer.

Je crève d'envie de poser ma main sur la sienne pour lui signifier combien je suis chanceux de l'avoir à mes côtés, mais nulle part je ne trouve la force de rendre ce geste possible. J'ai peur que ma main m'échappe, que les mots ne suivent pas, qu'une maladresse bâcle la décence de mes intentions – je crois que je suis en train de perdre confiance en moi.

Une grosse infirmière me prend en charge. D'emblée, elle n'apprécie pas ma petite mine et me recommande sur un ton péremptoire d'améliorer mon ordinaire et de privilégier le steak grillé et les crudités car, me souffle-t-elle dans l'oreille, j'ai l'air d'un gréviste de la faim. Le médecin interroge ma première radio, la déclare tout à fait lisible et rechigne longtemps avant de consentir à me radiographier une deuxième fois. Le nouveau cliché confirme le diagnostic précédent – aucune fracture décelée, pas de fêlure non plus, juste un énorme traumatisme à la base de l'index et un autre, de moindre consistance, au niveau du poignet. Il me prescrit une pommade, des anti-inflammatoires, des comprimés pour m'aider à dormir et me réexpédie auprès de l'infirmière.

À la sortie du dispensaire, j'aperçois Naveed Ronnen. Il nous attend dans sa voiture sur le parking du poste médical, le pied contre la portière ouverte, les mains derrière la nuque, fixant patiemment le haut d'un lampadaire.

— Il me file où quoi ? fais-je, surpris de le trouver là.

— Ne dis pas de sottises, me tance Kim, outrée. Il m'a appelée sur mon mobile pour prendre de tes nouvelles, et c'est moi qui l'ai invité à nous rejoindre ici.

Je réalise l'ampleur de ma muflerie ; ne m'en excuse pas.

— Ne laisse pas le chagrin fausser tes bonnes manières, Amine.

— De quoi tu parles ? dis-je, exacerbé.

— Ça ne sert à rien d'être désagréable, rétorque-t-elle en soutenant mon regard.

Naveed descend de sa voiture. Il porte un survêtement frappé aux couleurs de l'équipe nationale de football, des chaussures de sport neuves et un béret noir tourné vers l'arrière. Son ventre se déverse sur ses genoux, énorme et flasque, quasiment grotesque. Les interminables séances d'aérobic et de mise en forme, qu'il s'impose avec une rigueur religieuse, ne semblent pas en mesure de contenir son embonpoint de plus en plus embarrassant. Naveed n'est pas fier de sa carrure d'ours mal léché que mettent à rude épreuve les centimètres manquant à son pied – ce qui confère à sa démarche quelque chose de déglingué, compromettant ainsi le sérieux et l'autorité qu'il veut incarner.

— Je faisais du footing dans le coin, me lance-t-il comme pour se justifier.

— Ce n'est pas interdit, je lui rétorque.

Je perçois aussitôt l'agressivité et le caractère déplacé de mes allusions mais, curieusement, je n'éprouve aucun besoin d'y remédier. On dirait même que j'en tire un certain plaisir, obscur comme l'ombre voilant mon âme.

Kim me pince sous le bras – geste qui n'échappe pas à Naveed.

— Bon, grogne-t-il, profondément désappointé, si je dérange…

— Pourquoi tu dis une chose pareille ? essayé-je de me rattraper.

Il me foudroie du regard, si fort que les muscles de son visage en tremblent. Ma question froisse sa susceptibilité plus que mes allusions. Il revient sur ses pas, se campe devant moi et me fixe de manière à empêcher mes yeux de se détourner. Il est très en colère.

— C'est à moi que tu poses la question, Amine ? dit-il sur un ton excédé. C'est moi qui t'évite ou toi qui rebrousses chemin dès que tu me flaires dans les parages ? Qu'est-ce qui ne va pas ? J'ai fauté vis-à-vis de toi sans m'en rendre compte, ou est-ce toi qui déconnes ?

— C'est pas ça du tout. Je suis content de te voir…
Il plisse les paupières.

— C'est bizarre, ce n'est pas ce que je lis dans tes yeux.

— Pourtant, c'est la vérité.

— Et si on allait prendre un pot, nous suggère Kim. C'est moi qui invite. Et c'est toi qui choisis l'endroit, Naveed.

Naveed accepte de passer l'éponge sur ma muflerie, mais sa peine résiste. Il respire un bon coup, regarde par-dessus son épaule pour réfléchir et nous propose *Chez Zion*, un petit bar tranquille, pas loin du dispensaire, on l'on déguste les meilleurs amuse-gueules des environs.

Pendant que Kim suit la voiture de Naveed, j'essaie de situer les raisons de mon agressivité à l'encontre de celui qui ne m'a pas lâché quand les autres m'ont systématiquement voué aux gémonies. Est-ce à cause de ce qu'il représente, de son insigne de flic ? Pourtant, ce n'est pas évident, pour un flic, de continuer de fréquenter quelqu'un dont la femme est une kamikaze… Je fais et défais ces théories dans l'espoir de ne pas me laisser aller à des considérations susceptibles de dégarnir mes flancs et de m'isoler davantage dans mon tourment. Curieusement, à l'instant où je prends garde de déraper, le besoin incoercible de fauter m'apparaît comme une pertinence. Est-ce le refus de me dissocier de la faute de Sihem qui me pousse à me montrer désobligeant ? Dans ce cas, que suis-je en train de devenir ? Que cherché-je à prouver, à justifier ? Et que savons-nous vraiment de ce qui est juste et de ce qui ne l'est pas ? Les choses qui nous arrangent ; celles qui ne nous conviennent pas. Nous manquons de discernement aussi bien lorsque nous sommes dans notre droit que lorsque nous sommes dans le tort. Ainsi vivent les hommes : dans le pire lorsqu'il est le meilleur d'eux-mêmes, et dans le meilleur lorsqu'il ne veut pas dire grand-chose… Mes pensées m'acculent, se jouent de mes états d'âme. Elles se nourrissent de ma fragilité, abusent de mon chagrin. Je suis conscient de leur travail de sape et les laisse faire comme s'abandonne à la somnolence le veilleur trop confiant. Mes larmes ont peut-être noyé un peu de mon chagrin, mais la colère est toujours là, telle une tumeur enfouie au tréfonds de moi, ou un monstre abyssal tapi dans les ténèbres de son repaire, guettant le moment propice de remonter à la surface terrifier son monde. C'est ce que pense Kim aussi. Elle sait que je cherche à extérioriser cette horreur bourrative qui patauge dans mes tripes, que mon agressivité n'est que le symptôme d'une violence extrême qui sourd laborieusement en mon for intérieur en attendant de réunir les charges propulsives de son éruption. Si elle ne me perd pas de vue une seconde, c'est afin de limiter les dégâts. Mais mon jeu trouble la désarçonne ; elle commence à douter.

Nous nous installons à la terrasse du petit café, au milieu d'un square dallé. Quelques clients sont attablés çà et là, les uns en bonne compagnie, les autres scrutant pensivement leur verre ou leur tasse. Le cafetier est un grand gaillard encagoulé dans une chevelure rebelle qui se perd dans une barbe de Viking. Blond comme une botte de foin, les bras velus jusqu'aux épaules, il paraît suffoquer dans son tricot de matelot. Il vient saluer Naveed qu'il a l'air de connaître, prend nos commandes et se retire.

— Depuis quand tu fumes ? me demande Naveed en me voyant extirper un paquet de cigarettes.

91

— Depuis que mon rêve est parti en fumée.

La réplique consterne Kim qui se contente de crisper les poings. Naveed la médite calmement, la lèvre inférieure tirée vers le bas. Un moment, je le sens à deux doigts de me remettre à ma place ; finalement, il se renverse contre le dossier de sa chaise et croise les mains sur le faîte de sa bedaine.

Le cafetier revient avec un plateau, pose une bière mousseuse devant Naveed, un jus de tomate devant Kim et une tasse de café devant moi. Il dit une gentillesse amusante au chef de la police et se retire. Kim porte la première son verre à sa bouche et avale trois petites gorgées d'affilée. Elle est très déçue et se tait pour ne pas me péter à la figure.

— Comment va Margaret ? je demande à Naveed.

Naveed ne répond pas tout de suite. Sur ses gardes, il prend le temps de boire un coup avant de risquer :

— Elle va bien, merci.

— Et les enfants ?

— Tu les connais, des fois ils s'entendent, des fois ils se font la gueule.

— Tu comptes toujours marier Edeet à ce mécanicien ?

— C'est elle qui le veut.

— Tu penses que c'est un bon parti ?

— Dans ce genre d'affaire, on ne pense pas, on prie.

J'acquiesce de la tête :

— Tu as raison. Le mariage a toujours été un jeu de hasard. Ça ne sert à rien de faire des calculs ou de prendre des précautions ; il obéit à sa propre logique.

Naveed constate que mes propos ne sont pas piégés. Il se détend un peu, savoure une gorgée de bière, clappe des lèvres et lève sur moi un regard immense.

— Et ton poignet ?

— Un vilain coup, mais rien de cassé.

Kim pêche une cigarette dans mon paquet. Je lui tends mon briquet. Elle pompe dedans avec voracité et se redresse en rejetant une grosse fumée par les narines.

— Où en sont les recherches ? dis-je tout de go.

Kim s'étrangle avec une bouffée mal avalée.

Naveed me fixe intensément, de nouveau sur ses gardes.

— Je ne veux pas me disputer avec toi, Amine.

— Ce n'est pas, non plus, mon intention. C'est mon droit de savoir.

— Savoir quoi au juste ? Ce que tu refuses de regarder en face.

— Plus maintenant. *Je sais que c'est elle.*

Kim me surveille de très près, sa cigarette contre la joue, un œil plissé par la fumée ; elle ne voit pas où je veux en venir.

Naveed repousse doucement sa chope de bière comme pour dégager autour de lui de façon à m'avoir pour lui seul.

— Tu sais que c'est elle quoi ?

— Que c'est elle qui s'est fait exploser dans ce restaurant.

— Et depuis quand, tiens ?

— C'est un interrogatoire, Naveed ?

— Pas forcément.

— Alors, contente-toi de me dire où en sont les recherches.

Naveed se laisse choir contre le dossier de sa chaise.

— Au point mort. On tourne en rond.

— Et la Mercedes ancien modèle ?

— Mon beau-père a la même.

— Avec tous les moyens dont vous disposez et vos réseaux d'indics, vous n'êtes pas arrivés à...

— Il ne s'agit pas de moyens ou d'indics, Amine, m'interrompt-il. Il s'agit d'une femme au-dessus de tout soupçon, qui cachait tellement bien son jeu que le plus fin de nos limiers, quelle que soit la piste qu'il emprunte, débouche invariablement sur la même impasse. Mais ce qui est rassurant, dans ces histoires, c'est qu'il suffit d'un indice, un seul, pour que la machine se remette à carburer ferme... Tu penses en détenir un ?

— Je ne pense pas.

Naveed se trémousse sur sa chaise, lourdement, repose ses coudes sur la table et tire vers lui la chope qu'il a écartée une minute plus tôt. Son doigt glisse sur le bord du bock, essuyant au passage les éclaboussures de la mousse. Un silence implacable pèse sur la terrasse.

— Tu sais au moins qui c'est la kamikaze, et c'est déjà un progrès.

— Et moi ?

— Toi ?

— Oui, moi ? Est-ce que je suis blanchi ou je reste un suspect ?

— Tu ne serais pas là en train de siroter ton café si on avait quelque chose à te reprocher, Amine.

— Alors pourquoi m'a-t-on tabassé dans ma propre maison ?

— Ça n'a rien à voir avec la police. Il est des colères qui, comme le mariage, n'obéissent qu'à leur propre logique. Tu as le droit de porter plainte. Tu ne l'as pas fait.

J'écrase ma cigarette dans le cendrier, en allume une autre, lui trouve soudain un goût détestable.

— Dis-moi, Naveed, toi qui as vu tant de criminels, de repentis et toutes sortes d'énergumènes déjantés, comment peut-on, comme ça d'un coup, se bourrer d'explosifs et aller se faire sauter au milieu d'une fête ?

Naveed hausse les épaules, visiblement ennuyé :

— C'est la question que je me pose toutes les nuits sans lui trouver un sens, encore moins une réponse.

— Tu en as rencontré, de ces gens ?

— Beaucoup.

— Alors, comment ils expliquent leur folie ?

— Ils ne l'expliquent pas, ils l'assument.

— Tu ne peux pas mesurer combien ça me travaille, ces histoires. Comment, bordel ! un être ordinaire, sain de corps et d'esprit, décide-t-il, au détour d'un fantasme ou d'une hallucination, de se croire investi d'une mission divine, de renoncer à ses rêves et à ses ambitions pour s'infliger une mort atroce au beau milieu de ce que la barbarie a de pire ?

Je crois que des larmes de rage brouillent mon regard au fur et à mesure que mes propos malmènent ma pomme d'Adam. Kim remue fébrilement ses cuisses sous la table. Sa cigarette n'est plus qu'un filet de cendre suspendu dans le vide.

Naveed soupire, le temps de chercher ses mots. Il perçoit ma douleur, semble en souffrir aussi.

— Que te dire, Amine ? Je crois que même les terroristes les plus chevronnés ignorent vraiment ce qu'il leur arrive. Et ça peut arriver à n'importe qui. Un déclic quelque part dans le subconscient, et c'est parti. Les motivations n'ont pas la même consistance, mais généralement, ce sont des trucs qui s'attrapent comme ça, dit-il en claquant des doigts. Ou ça te tombe sur la tête comme une tuile, ou ça s'ancre en toi tel un ver solitaire. Après, tu ne regardes plus le monde de la même manière. Tu n'as qu'une idée fixe : soulever cette chose qui t'habite corps et âme pour voir ce qu'il y a en dessous. À partir de là, tu ne peux plus faire marche arrière. D'ailleurs, ce n'est plus toi qui es aux commandes. Tu crois n'en faire qu'à ta tête, mais c'est pas vrai. T'es rien d'autre que l'instrument de tes propres frustrations. Pour toi, la vie, la mort, c'est du pareil au même. Quelque part, tu auras définitivement renoncé à tout ce qui pourrait donner une chance à ton retour sur terre. Tu planes. Tu es un extraterrestre. Tu vis dans les limbes, à traquer les houris et les licornes. Le monde d'ici, tu ne veux plus en entendre parler. Tu attends juste le moment de franchir le pas. La seule façon de rattraper ce que tu as perdu ou de rectifier ce que tu as raté – en deux mots, la seule façon de t'offrir une légende, c'est de finir en beauté : te transformer en feu d'artifice au beau milieu d'un bus scolaire ou en torpille lancée à tombeau ouvert contre un char ennemi. Boum ! Le grand écart avec, en prime, le statut de martyr. Le jour de la levée de ton corps devient alors, à tes yeux, le seul instant où l'on t'élève dans l'estime des autres. Le reste, le jour d'avant et le jour d'après, c'est plus ton problème ; pour toi, ça n'a jamais existé.

— Sihem était tellement heureuse, je lui rappelle.

— C'est ce que nous croyions tous. Apparemment, on s'est plantés.

Nous nous sommes oubliés dans ce petit café jusque tard dans la nuit. Ça m'a permis de me défouler, d'évacuer le remugle qui me polluait l'esprit. Mon agressivité s'est dissipée au gré des évocations. Plusieurs fois, j'ai surpris mes larmes au bord de mes paupières mais je les ai empêchées d'aller plus loin. La main de Kim réconfortait la mienne chaque fois que ma voix se lézardait. Naveed a été très patient. Il a pris sur lui mes discourtoisies et a promis de me tenir informé du déroulement de l'enquête. Nous nous sommes quittés réconciliés, plus soudés que jamais.

Kim me conduit chez elle. Nous mangeons des sandwichs dans la cuisine, fumons cigarette sur cigarette au salon en parlant de tout et de rien, puis nous rejoignons chacun sa chambre. Plus tard, Kim vient vérifier si je manque de quelque chose. Avant d'éteindre, elle me demande à bout portant pourquoi je n'ai rien dit à Naveed à propos de la lettre

J'écarte les bras et lui avoue :

— Je n'en sais rien.

8

D'après Kim, la direction de la Santé a reçu énormément de courrier de la part de mes anciens patients et de leurs proches qui estiment que j'étais aussi victime que ceux qui avaient péri dans le restaurant soufflé par mon épouse. L'hôpital est partagé ; les passions s'étant atténuées un peu, une bonne partie de mes détracteurs se demandent si les pétitions qu'ils ont signées étaient raisonnables. Devant la complexité de la situation, ma hiérarchie s'est déclarée non habilitée à trancher et s'en est remise à la décision des hautes autorités.

De mon côté, la mienne est prise – je ne retournerai pas dans mon bureau, pas même pour récupérer mes effets personnels. La cabale déclenchée contre moi par Ilan Ros m'a profondément affecté. Pourtant, je n'affiche ma religiosité nulle part. Depuis l'université, j'essaie de m'acquitter scrupuleusement de mes tâches citoyennes. Conscient des stéréotypes qui m'exposent sur la place publique, je m'évertue à les surmonter un à un, offrant le meilleur de moi-même et prenant sur moi les incartades de mes camarades juifs. Très jeune, j'avais compris que le cul entre deux chaises ne rimait à rien et qu'il me fallait vite choisir mon camp. Je me suis choisi pour camp ma compétence, et pour alliées mes convictions, persuadé qu'à la longue je finirais par forcer le respect. Je ne pense pas avoir dérogé une seule fois aux règles que je m'étais fixées. Ces règles-là étaient mon fil d'Ariane – aussi tranchant qu'un fil de rasoir. Pour un Arabe qui sortait du lot – et qui se payait le luxe d'être major de sa promotion – le moindre faux pas était fatal. Surtout quand il est fils de bédouin, croulant sous les a priori, avec, en guise de boulet de forçat, cette caricature qu'il trimballe de long en large à travers la mesquinerie des hommes, le chosifiant par moments, le diabolisant par endroits, le disqualifiant le plus souvent. Dès ma première année universitaire, j'avais mesuré l'extrême brutalité du parcours qui m'attendait, les efforts titanesques que je devais consentir pour mériter mon statut de citoyen à part entière. Le diplôme ne résolvait pas tout, il me fallait séduire et rassurer, encaisser sans rendre les coups, être patient à perdre haleine à défaut de perdre la face. À mon corps défendant, je m'étais surpris en train de représenter *ma* communauté. Dans une certaine mesure, il me fallait surtout réussir pour elle. Je n'avais même pas besoin d'être mandaté par les *miens* ; le regard des *autres* me désignait d'office à cette mission ingrate et félonne.

Je débarquais d'un milieu pauvre mais digne, pour lequel la parole donnée et la droiture étaient les deux mamelles du salut. Mon grand-père régnait en patriarche sur la tribu. Il avait des terres et pas d'ambition, et ignorait que la longévité ne relevait pas de la fermeté des prises en main mais de la permanente remise en question de ses propres certitudes. Il est mort spolié, les yeux grands ouverts, le cœur crevé de stupéfaction outragée. Mon père ne voulait pas hériter de ses œillères. La condition de paysan ne l'emballait guère ; il voulait être un artiste – ce qui signifie dans le glossaire ancestral un tire-au-flanc et un marginal. Je me souviens des engueulades anthologiques qui se déclaraient chaque fois que grand-père le surprenait en train de peindre des toiles dans une baraque transformée en atelier de fortune à l'heure où les autres membres de la famille, grands et petits, se tuaient à la tâche dans les vergers. Mon père rétorquait, avec son calme olympien, que la vie n'était pas seulement *sarcler, élaguer, irriguer* et *cueillir ;* qu'elle était *peindre, chanter* et *écrire* aussi ; et *instruire ;* et que la plus belle des vocations était *guérir.* Son vœu le plus cher était que je devienne médecin. Rarement j'ai vu quelqu'un se dépenser pour son rejeton comme lui. J'étais son fils unique. S'il n'en voulait pas d'autres, c'était pour mettre un maximum de chances de mon côté. Il a misé tout ce qu'il possédait pour offrir à la tribu son premier chirurgien. Quand il m'a vu brandir mon diplôme de doctorat, il s'est jeté dans mes bras comme un ruisseau dans la mer. La seule et unique fois où j'ai décelé des larmes sur ses joues, c'était bien ce jour-là. Il est mort sur un lit d'hôpital en caressant, comme s'il s'agissait d'une relique sacrée, le stéthoscope que je portais exprès pour lui faire plaisir.

Mon père était quelqu'un de bien. Il composait avec les choses comme elles venaient, sans fard ni fanfare. Cela ne lui disait rien de prendre le taureau par les cornes et lorsqu'il tirait le diable par la queue, il n'en faisait pas un drame. Pour lui, les infortunes ne sont pas une fatalité, mais des incidents de parcours qu'il faut dépasser, quitte à en pâtir dans les minutes qui suivent. Son humilité et son discernement étaient un régal. J'ai tant voulu lui ressembler, jouir de sa frugalité et de sa modération ! Grâce à lui, alors que je grandissais sur une terre tourmentée depuis la nuit des temps, je refusais de considérer le monde comme une arène. Je voyais bien que les guerres se succédaient aux guerres, les représailles aux représailles, mais je m'interdisais de les cautionner d'une manière ou d'une autre. Je ne croyais pas aux prophéties de la discorde et n'arrivais pas à me faire à l'idée que Dieu puisse inciter ses sujets à se dresser les uns contre les autres et à ramener l'exercice de la foi à une absurde et effroyable question de rapport de forces. Dès lors, je m'étais méfié comme d'une teigne de ce qui me réclame un peu de mon sang pour purifier mon âme. Je ne voulais croire ni aux vallées des larmes ni à celles des ténèbres – il y avait d'autres sites plus séduisants et moins déraisonnables autour de soi. Mon père me disait : « Celui qui te raconte qu'il existe symphonie plus grande que le souffle qui t'anime te ment. Il en veut à ce que tu as de plus beau : la chance de profiter de chaque instant de ta vie. Si tu pars du principe que ton pire ennemi est celui-là même qui tente de semer la haine dans ton cœur, tu auras connu la moitié du bonheur. Le reste, tu n'auras qu'à tendre la main pour le cueillir. Et rappelle-toi ceci : il n'y a rien, *absolument rien* au-dessus de ta vie… Et ta vie n'est pas au-dessus de celle des autres. »

Je ne l'ai pas oublié.

J'en ai même fait ma principale devise, convaincu que lorsque les hommes auront adhéré à cette logique, ils auront enfin atteint la maturité.

Mes petites escarmouches avec Naveed m'ont remis d'aplomb. Si elles ne m'ont pas restitué l'essentiel de ma lucidité, elles m'ont permis de regarder en moi avec du recul. La colère est toujours là, mais elle ne remue plus dans mes tripes tel un corps étranger à l'affût d'un réflexe nauséeux pour gicler à l'air libre. Il m'arrive de m'asseoir sur le balcon et de contempler les voitures en leur découvrant un certain attrait. Kim ne surveille plus son langage avec la même prudence excessive d'il y a trois jours. Elle improvise des cocasseries afin de m'arracher des sourires et, quand elle rejoint l'hôpital le matin, je ne me contente plus de m'emmurer dans ma chambre jusqu'à son retour. J'ai appris à sortir flâner dans les rues. Je vais dans les cafés fumer des cigarettes, ou bien dans un square occuper un banc et observer les mioches qui gambadent au soleil. Je n'arrive pas encore à approcher un journal ; cependant, au gré de mes promenades, lorsque je surprends une radio diffuser des informations, je ne me dépêche plus de changer de trottoir.

Ezra Benhaïm est venu me rendre visite chez Kim. Nous n'avons parlé ni de mon hypothétique reprise de travail ni d'Ilan Ros. Ezra voulait savoir comment j'allais, si je reprenais le dessus. Il m'a emmené dans un restaurant pour me prouver que ça ne le dérangeait pas de s'afficher en ma compagnie. C'était pathétique, mais sincère. C'est moi qui ai insisté pour payer l'addition. Après le dîner, Kim étant de permanence, nous sommes allés dans une brasserie nous soûler la gueule comme deux dieux jetant leur gourme après avoir épuisé l'ensemble de leurs anathèmes.

— Il faut que j'aille à Bethléem.

Le cliquetis de vaisselle en provenance de la cuisine se suspend. Kim met quelques secondes avant de montrer la tête à travers la porte. Un sourcil plus bas que l'autre, elle me dévisage.

J'écrase ma cigarette dans le cendrier et me prépare à en allumer une autre.

Kim essuie ses mains dans un torchon accroché au mur et me rejoint dans le salon.

— Tu plaisantes ?

— Ai-je l'air de plaisanter, Kim ?

Elle accuse un léger soubresaut.

— Bien sûr que tu plaisantes. Qu'est-ce que tu vas faire à Bethléem ?

— C'est de là-bas que Sihem a posté la lettre.

— Et alors ?

— Et alors, je veux savoir ce qu'elle y fabriquait pendant que je la croyais chez sa grand-mère à Kafr Kanna.

Kim se laisse choir dans la chaise en osier en face de moi, excédée par mes sorties imprévisibles. Elle respire profondément, comme pour refouler son dépit, se triture les lèvres en quête de ses mots, n'en trouve pas et se prend les tempes entre deux doigts.

— Tu es en train de disjoncter, Amine. J'ignore ce qui te trotte dans la tête, mais là tu exagères. Tu n'as rien à foutre à Bethléem.

— J'ai une sœur de lait, là-bas. C'est sûrement chez elle que Sihem s'était retirée pour accomplir sa mission insensée. Le cachet de la poste est daté du vendredi 27, c'est-à-dire un jour avant le drame. Je veux savoir qui a endoctriné ma femme, qui l'a bardée d'explosifs et envoyée au casse-pipe. Il n'est pas question, pour moi, de croiser les bras ou de tourner une page que je n'ai pas assimilée.

Kim manque de s'arracher les cheveux.

— Tu te rends compte de ce que tu dis ? Je te rappelle qu'il s'agit de terroristes. Ces gens-là ne font pas dans la dentelle. Tu es chirurgien, pas flic. Tu dois confier cette tâche à la police. Elle a les moyens appropriés et le personnel qualifié pour mener ce genre d'enquête. Si tu veux savoir ce qu'il est arrivé à ta femme, va trouver Naveed et parle-lui de la lettre.

— C'est une affaire personnelle…

— Foutaises ! Dix-sept personnes ont été tuées, et des dizaines d'autres blessées. Cette affaire n'a rien de personnel. Il s'agit d'un attentat suicide, et son traitement relève exclusivement des services compétents de l'État. À mon avis, tu es en train de perdre le nord, Amine. Si tu veux vraiment te rendre utile, remets la lettre à Naveed. C'est peut-être le bout de piste que la police attend pour lancer sa machine.

— Il n'en est pas question. Je ne tiens pas à ce que quelqu'un d'autre se mêle de mes affaires. Je veux me rendre à Bethléem, et seul. Je n'ai besoin de personne. Je connais du monde, là-bas. Je finirai bien par provoquer des indiscrétions et forcer certains à cracher le morceau.

— Et après ?

— Après quoi ?

— Admettons que tu parviennes à faire cracher le morceau à certains, c'est quoi la suite du programme ? Leur tirer l'oreille ou leur demander des dommages et intérêts ? Ce n'est pas sérieux, voyons. Sihem avait sûrement un réseau derrière elle, toute une logistique et tout un parcours. On ne se fait pas exploser dans un lieu public sur un coup de tête. C'est l'aboutissement d'un long lavage de cerveau, d'une minutieuse préparation psychologique et matérielle. D'énormes mesures de précautions sont prises avant de passer à l'acte. Les commanditaires ont besoin de protéger leur base, de brouiller les pistes. Ils n'élisent leur kamikaze qu'une fois absolument sûrs de sa détermination et de sa fiabilité. Maintenant, imagine-toi débarquer sur leurs plates-bandes et fouiner autour de leurs planques. Tu crois qu'ils vont attendre gentiment que tu remontes jusqu'à eux ? Ils te régleront ton compte si vite que tu n'auras même pas le temps de réaliser le caractère imbécile de ton initiative. Je te jure que j'ai la pétoche rien qu'à l'idée de t'imaginer rôdant autour de ce nid de vipères.

Elle s'empare de mes mains, ravivant la douleur dans mon poignet.

— Ce n'est pas une bonne idée, Amine.

— Peut-être, mais je ne pense qu'à ça depuis que j'ai lu la lettre.

— Je comprends, sauf que ce n'est pas pour toi, ce genre de chose.

— Ne te fatigue pas, Kim. Tu sais combien je suis têtu.

Elle lève les bras pour calmer le jeu.

— Bon… Remettons le débat à ce soir. D'ici là, j'espère que tu vas recouvrer un peu de ta sobriété.

Le soir venu, elle m'invite dans un restaurant sur la plage. Nous dînons sur la terrasse, le visage fouetté par la brise. La mer est épaisse ; sa rumeur a quelque chose de sentencieux. Kim devine qu'elle ne me fera pas changer d'avis. Elle picore dans son assiette comme un oiseau fatigué.

L'endroit est agréable. Géré par un émigrant français, il propose un cadre à la bonne franquette, avec des baies vitrées grandes comme des horizons, des chaises en cuir rouge bordeaux capitonnées et des tables recouvertes de napperons brodés. Un imposant cierge se consume doctement dans une coupe cristalline. Il n'y a pas beaucoup de monde, mais les couples qui sont là semblent des habitués. Leurs gestes sont raffinés et leur discussion feutrée. Le maître de céans est un petit bonhomme frêle et vif, tiré à quatre épingles, et d'une exquise courtoisie. C'est lui-même qui nous a conseillé l'entrée et le vin. Kim avait sûrement une idée derrière la tête en m'invitant dans ce restaurant. Maintenant, elle semble l'avoir perdue de vue.

— On dirait que ça t'amuse de jouer avec mon taux de glycémie, soupire-t-elle en laissant tomber sa serviette comme on jette l'éponge.

— Mets-toi à ma place, Kim. Il n'y a pas que le geste de Sihem. Il y a moi aussi. Si ma femme s'est donné la mort, c'est la preuve que je n'ai pas su lui faire préférer la vie. Je dois certainement avoir une part de responsabilité.

Elle tente de protester ; je lève une main pour la prier de ne pas m'interrompre.

— C'est la vérité, Kim. Il n'y a pas de fumée sans feu. Elle a fauté, d'accord, mais lui faire porter le chapeau ne fera pas de l'ombre à ma conscience.

— Tu n'y es pour rien.

— Si. J'étais son mari. Mon devoir était de veiller sur elle, de la protéger. Elle a sûrement essayé d'attirer mon attention sur la lame de fond qui menaçait de l'emporter. Je mettrais ma main au feu qu'elle a essayé de me faire un signe. Où avais-je la tête, bon sang ! pendant qu'elle tentait de s'en sortir ?

— Avait-elle tenté de s'en sortir vraiment ?

— Et comment ? On ne va pas à sa perte comme on va au bal. Inévitablement, au moment où l'on se prépare à franchir le pas, le doute s'installe en soi. Et c'est cet instant précis que je n'ai pas su déceler. Sihem a sûrement souhaité que je l'éveille à elle-même. Mais j'avais la tête ailleurs, et ça, je ne me le pardonnerai jamais.

Je me hâte d'allumer une cigarette.

— Ça ne m'amuse pas de t'angoisser, lui dis-je après

un long silence. J'ai perdu le goût des plaisanteries. Depuis cette maudite lettre, je ne pense qu'à ce signe que je n'ai pas su décoder à temps et qui, aujourd'hui encore, refuse de me livrer ses secrets. Je veux le retrouver, tu comprends ? Il le faut. Je n'ai pas d'autre choix. Depuis cette lettre, je ne fais que remuer les souvenirs pour le retrouver. Que je dorme ou que je veille, je ne pense qu'à ça. J'ai passé en revue les moments les plus forts, les mots les moins clairs, les gestes les plus vagues ; rien. Et ce blanc me rend fou. Tu ne peux pas mesurer combien il me torture, Kim. Je n'en peux plus de lui courir après et de le subir en même temps…

Kim ne sait quoi faire de ses petites mains.

— Elle n'avait peut-être pas besoin de t'adresser un signe.

— C'est impossible. Elle m'aimait. Elle ne pouvait pas m'ignorer au point de ne rien me communiquer.

— Ça ne dépendait pas d'elle. Elle n'était plus la même femme, Amine. Elle n'avait pas droit à l'erreur. Te mettre dans le secret aurait offensé les dieux et compromis son engagement. C'est exactement comme dans une secte. Rien ne doit filtrer. Le salut de la confrérie repose sur cet impératif.

— Oui, mais il était question de mort, Kim. Sihem devait mourir. Elle était consciente de ce que ça signifie pour elle, et pour moi. Elle était trop digne pour me fausser compagnie comme un faux jeton. Elle m'a fait un signe, il n'y a aucun doute là-dessus.

— Aurait-il changé quelque chose ?

— Qui sait ?

Je tire plusieurs fois sur ma cigarette, comme pour l'empêcher de s'éteindre. Un caillot se déclare dans ma gorge lorsque je laisse échapper :

— Je suis malheureux comme c'est pas possible.

Kim vacille, mais se cramponne.

J'écrase le mégot dans le cendrier.

— Mon père me disait *garde tes peines pour toi, elles sont tout ce qu'il te reste lorsque tu as tout perdu...*

— Amine, je t'en prie.

Je ne l'écoute pas et poursuis :

— Ce n'est pas évident, pour un homme encore sous le choc – et quel choc ! – de savoir exactement où finit le deuil et où commence son veuvage, mais il est des frontières qu'il faut outrepasser si l'on veut aller de l'avant. Où ? je l'ignore ; ce que je sais, c'est qu'il ne faut pas rester là à s'attendrir sur son sort.

À mon tour, et à mon grand étonnement, je m'empare de ses mains, les engloutis dans les miennes. J'ai l'impression de tenir deux moineaux perclus dans le creux de mes paumes. Mon étreinte est si précautionneuse que les épaules de Kim s'en contractent ; ses yeux scintillent d'une larme pudique qu'elle tente de dissimuler derrière un sourire que je n'ai jamais vu chez aucune femme depuis que j'ai appris à les approcher.

— Je ferai très attention, lui promets-je. Je n'ai pas l'intention de me venger ou de démanteler de réseau. Je veux juste comprendre comment la femme de ma vie m'a exclu de la sienne, comment celle que j'aimais comme un fou a été plus sensible au prêche des autres plutôt qu'à mes poèmes.

La larme de mon ange gardien se décroche des cils qu'elle encombrait et roule d'un trait sur sa pommette. Surprise et confuse, Kim tente de l'essuyer ; mon doigt la devance et recueille la larme au moment où elle atteint le coin de la bouche.

— Tu es quelqu'un de formidable, Kim.

— Je sais, dit-elle avant d'éclater d'un rire à mi-chemin du sanglot.

Je lui reprends les mains et les serre très fort.

— Je n'ai pas besoin de te dire que sans toi je n'aurais pas tenu le coup.

— Pas ce soir, Amine… Peut-être un autre jour.

Ses lèvres tremblent dans leur sourire triste. Ses yeux s'arc-boutent contre les miens pour se défaire de l'émotion chahutant leur éclat. Je la regarde profondément sans me rendre compte que je suis en train de lui tordre les doigts.

— Merci, lui dis-je.

9

Kim a tenu à m'accompagner à Bethléem. C'est la condition qu'elle a posée pour consentir à me laisser prendre des risques aussi flagrants. Elle veut être à mes côtés. Ne serait-ce que pour me servir de chauffeur, a-t-elle ajouté. Mon poignet n'est pas tout à fait remis de son traumatisme et j'ai toujours du mal à soulever une sacoche ou à tenir un volant.

J'ai essayé de la dissuader ; elle s'est montrée intraitable.

Elle m'a proposé de nous établir, en premier lieu, dans la résidence secondaire que son frère Benjamin avait achetée à Jérusalem ; ensuite, une fois sur place, de décider de la marche à suivre en fonction de la tournure des choses. Je voulais partir sur-le-champ. Elle m'a prié de la laisser opérer un patient avant d'aller voir Ezra Benhaïm pour demander une semaine de congé. Ezra a cherché à comprendre les motivations de ce départ précipité. Kim lui a répondu qu'elle avait besoin de se ressourcer. Ezra n'a pas insisté.

Le lendemain de l'opération, nous entassons nos deux sacs de voyage dans le coffre de la Nissan, passons chez moi prendre quelques affaires personnelles et des photos récentes de Sihem et mettons le cap sur Jérusalem.

Nous nous arrêtons une seule fois pour nous restaurer dans une gargote en cours de route. Il fait beau, et la densité de la circulation rappelle le rush estival.

Nous traversons Jérusalem comme dans un rêve éveillé. C'est une ville que j'ai perdue de vue depuis une douzaine d'années. Son animation effrénée et ses échoppes débordantes de monde ressuscitent en moi des souvenirs que je croyais tombés au rebut. Des images fulgurent dans mon esprit, d'une blancheur tranchante, reviennent tournoyer au milieu des senteurs de la vieille ville. C'est dans cette cité millénaire que j'ai vu ma mère pour la dernière fois. Elle était venue prier au chevet de son frère mourant. L'enterrement de ce dernier avait réuni l'ensemble de la tribu ; certains avaient rappliqué de pays tellement lointains que les vieux les confondaient avec les limbes. Ma mère n'a pas survécu longtemps à la perte de ce qu'elle considérait comme sa véritable raison d'être – mon père ayant été un mari négligent et moi, un fils confisqué à cause de mes années d'internat et de mes pérégrinations prolongées.

La résidence de Benjamin se trouve à la périphérie de la ville juive, parmi d'autres bâtisses trapues aux murs brûlés par le soleil. Elle paraît tourner le dos à la cité mythique pour se focaliser sur les vergers qui courent sur les collines rocailleuses. L'endroit est discret, en retrait du monde et de ses chamboulements, à peine effleuré par les piaillements de mioches qu'on ne voit pourtant nulle part. Kim trouve les clefs sous le troisième pot à l'entrée du patio, comme indiqué par son frère qui est resté à Tel-Aviv. La maison est petite et basse, avec une loggia qui donne sur une courette ombragée, qu'une treille avaricieuse couve jalousement. Une fontaine sculptée dans une tête de lion en bronze surplombe une rigole bouffée par les ronces, à côté d'un banc en fer forgé maladroitement badigeonné de vert. Kim choisit pour moi une pièce adjacente à un bureau encombré de livres et de manuscrits. Il y a un lit à boudin recouvert d'un matelas dont la teneur laisse à désirer, une table en Formica et un tabouret. Un tapis usé jusqu'à la trame s'évertue à camoufler les craquelures d'un parterre antédiluvien. Je jette mon sac sur le lit et attends que Kim sorte de la salle de bains pour lui faire part de mes intentions.

— Repose-toi d'abord.

— Je ne suis pas fatigué. Il est midi, c'est l'heure de trouver quelqu'un chez ma sœur de lait. Ce n'est pas la peine de te déranger, je prendrai un taxi.

— Il faut que je t'accompagne.

— Kim, je t'en prie. Si j'ai des problèmes, je t'appellerai sur ton mobile et t'indiquerai où venir me récupérer. Je ne pense pas en avoir aujourd'hui. Je vais juste rendre visite à mes proches et tâter le terrain.

Kim rechigne avant de me libérer.

Bethléem a beaucoup changé depuis mon dernier passage, il y a plus d'une décennie. Engrossée par les cohortes de réfugiés désertant leurs contrées devenues des stands de tir, elle propose de nouveaux fatras de taudis en parpaings nus, dressés les uns contre les autres comme des barricades – la plupart encore au stade de finition, recouverts de tôle ou hérissés de ferraille, avec des fenêtres hagardes et des portails grotesques. On se croirait dans un immense centre de regroupement où tous les damnés de la terre se sont donné rendez-vous pour forcer la main à une absolution qui ne veut pas révéler ses codes.

Appuyés sur leurs cannes, la tête ceinte de keffiehs et la veste ouverte sur des gilets fanés, des vieillards faméliques rêvassent sur le seuil des maisons, les uns sur des tabourets, les autres sur une marche ; ils semblent n'écouter que leurs souvenirs, le regard lointain, inexpugnables dans leur mutisme, nullement terrassés par le tapage des galopins se chamaillant à tue-tête autour d'eux.

Je dois demander mon chemin plusieurs fois avant qu'un gamin me conduise devant une grande maison aux murs décrépis. Il attend gentiment que je lui glisse des sous dans la main pour déguerpir. Je cogne sur une vieille porte en bois vermoulu, tends l'oreille. Un raclement de savates sur le sol, puis un loquet claque et une femme à la figure décomposée m'ouvre. Je mets une éternité à la reconnaître : c'est Leila, ma sœur de lait. Elle a un peu plus de quarante-cinq ans, mais elle en paraît soixante. Ses cheveux ont blanchi, ses traits se sont avachis ; on la croirait moribonde.

Elle me dévisage, l'air dans les vapes.

— C'est Amine, lui dis-je.

— Mon Dieu ! sursaute-t-elle, dégrisée d'un coup.

Nous nous jetons l'un contre l'autre. En la serrant contre moi, je perçois, un à un, ses sanglots monter de sa poitrine et se propager à travers son corps frêle en une multitude de vibrations. Elle se recule pour me contempler, la figure inondée de larmes, récite un verset coranique en signe de gratitude et replonge la tête sous mes bras.

— Viens, me dit-elle. Tu tombes à point pour partager mon repas.

— Merci, je n'ai pas faim. Tu es seule ?

— Oui. Yasser ne rentre pas avant le soir.

— Et les enfants ?

— Ils ont grandi depuis, tu sais ? Les filles sont mariées, et Adel et Mahmoud volent de leurs propres ailes.

Il y a un silence, puis Leila baisse la tête.

— Ça doit être pénible, fait-elle d'une voix détimbrée.

— C'est la pire des choses qui puisse arriver à un homme, avoué-je…

— J'imagine… J'ai beaucoup pensé à toi depuis l'attentat. Je te sais sensible et fragile et je me demandais comment un écorché vif allait surmonter une telle… une telle…

— Catastrophe, l'aidé-je. Car c'en est une, et pas des moindres. Je suis venu justement pour en savoir plus. Je n'étais pas au courant des intentions de Sihem. Pour être franc, je ne les soupçonnais même pas. Et sa disparition tragique m'a littéralement cisaillé.

— Tu ne veux pas t'asseoir ?

— Non… Dis-moi, comment était-elle avant de passer à l'acte ?

— C'est-à-dire ?…

— Elle était comment ? Est-ce qu'elle avait l'air d'être consciente de ce qu'elle allait faire ? Était-elle dans un état normal ou y avait-il quelque chose de bizarre ?…

— Je ne l'ai pas vue.

— Elle était à Bethléem le vendredi 27, la veille de l'attentat.

— Je sais, mais elle n'est pas restée longtemps. Moi, j'étais chez ma fille aînée pour la circoncision de son fils. J'ai appris la nouvelle de l'attentat dans la voiture qui me ramenait à la maison…

Soudain, elle porte sa main à sa bouche comme pour s'empêcher d'en dire plus.

— Mon Dieu ! que suis-je en train de radoter.

Elle lève sur moi des yeux effarouchés.

— Pourquoi tu es revenu à Bethléem ?

— Je te l'ai déjà dit.

Elle se prend le front entre le pouce et l'index, chancelle. Je la saisis par la taille pour l'empêcher de s'écrouler et l'aide à s'asseoir sur un banc matelassé derrière elle.

— Amine, mon frère, je crois que je ne suis pas autorisée à parler de cette histoire. Je te jure que j'ignore de quoi il retourne au juste. Si Yasser apprenait que je n'ai pas tenu ma langue, il me la couperait. J'ai été surprise de te revoir et j'ai laissé échapper des propos qui ne m'appartiennent pas. Est-ce que tu me comprends, Amine ?

— Je ferai comme si de rien n'était. Mais il faut que je sache ce que ma femme fabriquait dans les parages, pour qui elle roulait…

— C'est la police qui t'envoie ?

— Je te rappelle que Sihem était mon épouse.

Leila est toute retournée. Elle s'en veut atrocement.

— Je n'étais pas là, Amine. C'est la vérité vraie. Tu peux le vérifier. J'étais chez ma fille aînée qui circoncisait son fils. Il y avait tes tantes et tes cousines, et des proches que tu dois connaître. Le vendredi, je n'étais pas à la maison.

La voyant paniquer, je me dépêche de la rassurer.

— Il n'y a pas le feu, Leila. Ce n'est que moi, ton frère ; je n'ai ni arme ni menottes. Je m'en voudrais de te causer du tracas, et tu le sais bien. Je ne suis pas là, non plus, pour vous attirer des ennuis, à toi et à ta famille… Où puis-je trouver Yasser ? Je préfère que ce soit lui qui éclaire ma lanterne.

Leila me supplie de ne pas parler de notre conversation à son mari. Je le lui promets. Elle me communique l'adresse du pressoir où Yasser travaille et m'accompagne jusque dans la rue pour me voir partir.

Je cherche un taxi sur la place, n'en aperçois aucun. Au bout d'une demi-heure, au moment où je m'apprête à appeler Kim, un clandestin me propose de me déposer où je veux pour quelques shekels. C'est un jeune homme assez costaud, aux yeux rieurs et à la barbichette fantaisiste. Il m'ouvre la portière avec une obséquiosité théâtrale et me pousse presque dans son tacot délabré aux sièges lépreux.

Nous contournons la place, prenons par une route crevassée et quittons la grosse bourgade. Après un slalom au milieu d'une circulation débridée, nous parvenons à nous faufiler à travers champs et à rejoindre une piste sur les hauteurs.

— Tu n'es pas du coin ? me demande le chauffeur.
— Non.
— Visite parentale ou affaires ?
— Les deux.
— Tu viens de loin ?
— Je ne sais pas.
Le chauffeur dodeline de la tête.
— Tu n'es pas le genre porté sur la causette, dit-il.
— Pas aujourd'hui.
— Je vois.
Nous roulons quelques kilomètres sur la piste poudreuse sans rencontrer âme qui vive. Le soleil cogne à bras raccourcis sur les mamelons cailouteux qui semblent se cacher les uns derrière les autres pour nous épier.

— Moi, je ne peux pas fonctionner avec du sparadrap sur la bouche, dit encore le chauffeur. Si je ne parlotte pas, j'implose.
Je me tais.
Il se racle la gorge et poursuit :
— J'ai jamais vu des mains aussi propres et soignées

que les tiennes. Tu n'es pas médecin, des fois ? Y a que des médecins pour avoir des mains aussi impeccables.

Je me tourne vers les vergers qui s'étalent à perte de vue.

Vexé par mon silence, le chauffeur exhale un soupir puis, farfouillant dans la boîte à gants, il en ramène une cassette qu'il glisse aussitôt dans le lecteur.

— Écoute-moi ça, l'ami, s'exclame-t-il. Celui qui n'a pas entendu cheikh Marwan prêcher n'aura vécu sa vie qu'à moitié.

Il tourne un bouton pour monter le son. Un brouhaha se déverse dans la cabine, ponctué de cris extatiques et d'ovations. Quelqu'un – probablement l'orateur – tape du doigt sur le micro pour apaiser la clameur. Le cha-hut s'atténue, persiste par endroits, puis un silence attentif accueille la voix limpide de l'imam Marwan.

— Y a-t-il splendeur aussi grande que le visage du Seigneur, mes frères ? Y a-t-il en ce bas monde versa-tile et inconsistant d'autres splendeurs susceptibles de nous détourner du visage d'Allah ? Dites-moi lesquel-les ? Le clinquant illusoire qui fait courir les simples d'esprit et les misérables ? Les miroirs aux alouettes ? Les mirages cachant la trappe des perditions et vouant les hallucinés à des insolations mortelles ? Dites-moi lesquelles, mes frères ?... Et au jour dernier, lorsque la terre ne sera que poussière, lorsqu'il ne restera de nos illusions que la ruine de nos âmes, qu'aurons-nous à répondre à la question de savoir ce que nous avons fait de notre existence ? Qu'aurons-nous à répondre lors-qu'il nous sera demandé, à nous tous, grands et petits : *Qu'avez-vous fait de votre vie, qu'avez-vous fait de mes prophètes et des mes générosités, qu'avez-vous fait du salut que je vous ai confié ?...* Et ce jour-là, mes frères, vos fortunes, vos relations, vos alliés, vos partisans ne vous seront d'aucun secours. (Une clameur se soulève, vite dominée par la voix du cheikh.) En vérité, mes frères, la richesse d'un homme n'est pas ce qu'il possède, mais ce qu'il laisse derrière lui. Et que possédons-nous, mes frères ? Qu'allons-nous laisser derrière nous ?... Une patrie ?... Laquelle ? Une histoire ?... Laquelle ? Des monuments ?... Où sont-ils ? Par vos ancêtres, montrez-les moi... Tous les jours, nous sommes traînés dans la boue, sinon devant les tribunaux. Tous les jours, des tanks nous roulent sur les pieds, renversent nos charrettes, défoncent nos maisons et tirent sans sommation sur nos gamins. Tous les jours, le monde entier assiste à notre malheur...

Mon bras se décomprime et mon pouce écrase le poussoir du lecteur, éjectant la cassette. Le chauffeur est éberlué par mon geste. Les yeux exorbités et la bouche grande ouverte, il s'écrie :

— Qu'est-ce que tu fais ?

— Je n'aime pas les prêches.

— Quoi ? suffoque-t-il d'indignation. Tu ne crois pas en Dieu ?

— Je ne crois pas à ses saints.

Le coup de frein qu'il donne est tel que, les roues avant bloquées, la voiture patine sur une dizaine de mètres avant de s'immobiliser en travers de la chaussée.

— D'où est-ce que tu sors, toi ? grogne le chauffeur, livide de rage. Comment oses-tu porter la main sur cheikh Marwan.

— J'ai le droit...

— Tu n'as aucun droit, hé ! Tu es dans *ma* voiture. Et ni là-dedans ni ailleurs je ne tolérerai qu'un fumier dégueulasse porte sa patte sur cheikh Marwan ?... Maintenant, tu vas descendre de mon tacot et disparaître de ma vue.

— On n'est pas encore arrivés à destination.

— Pour moi, si. Terminus ! Tu t'arraches de ma caisse ou je t'arrache la peau des fesses à mains nues.

Sur ce, il pousse un juron, se penche sur ma portière, l'ouvre en râlant et entreprend de me bousculer dehors.

— Et ne t'amuse pas à te trouver sur mon chemin, fils de garce, me menace-t-il.

Il referme la portière dans un claquement hargneux, manœuvre grossièrement pour faire demi-tour et file vers Bethléem dans une pétarade dissonante.

Debout au milieu de la piste, je le regarde s'éloigner bouche bée.

Je prends place sur une roche et attends qu'un véhicule passe. Ne voyant rien venir, je me lève et continue à pied jusqu'à ce qu'un charretier me rattrape plusieurs bornes plus loin.

Yasser vacille en me découvrant sur le seuil du moulin où deux adolescents s'affairent autour du pressoir en surveillant les épais filets d'huile d'olive qui cascadent dans la cuve.

— Ça, alors ? fait-il entre deux embrassades appuyées. Notre chirurgien, en chair et en os. Pourquoi tu ne nous as pas annoncé ta venue ? J'aurais envoyé quelqu'un t'accueillir à l'arrivée.

Son enthousiasme est trop embarrassé pour être crédible.

Il consulte sa montre, se retourne vers les adolescents et leur crie qu'il va devoir s'absenter et qu'il compte sur eux pour finir le travail. Il me prend ensuite le bras et me pousse vers une vieille camionnette garée sous un arbre, au pied du tertre.

— Rentrons à la maison. Leila sera ravie de te revoir… À moins que tu l'aies vue avant.

— Yasser, lui dis-je, ne tournons pas autour du pot.

Je n'ai pas le temps ni l'envie. Je suis venu dans un but précis, le brusqué-je dans l'espoir de l'acculer. Je sais que Sihem était chez toi, à Bethléem, la veille de l'attentat.

— Qui te l'a dit ? s'affole-t-il en jetant des regards terrifiés vers le moulin.

Je mens en extirpant la lettre de la poche de ma chemise.

— Sihem me l'a dit ce jour-là.

Un spasme se déclenche au niveau de sa pommette. Il déglutit avant de bredouiller :

— Elle n'était pas restée longtemps. Juste un passage éclair pour nous saluer. Leila étant chez notre fille, à En Kerem, elle n'a même pas voulu prendre une tasse de thé et est partie un petit quart d'heure après. Elle n'était pas à Bethléem pour nous. Ce vendredi-là, cheikh Marwan était attendu à la Grande Mosquée. Ta femme voulait qu'il la bénisse. Ce n'est qu'après avoir trouvé sa photo sur le journal qu'on a compris.

Il me prend par les épaules à la manière des combattants et me confie :

— Nous sommes très fiers d'elle.

Je sais qu'il a dit ça pour me ménager, ou peut-être pour m'amadouer. Yasser ne sait pas garder son sang-froid ; le moindre imprévu le déstabilise.

— Fiers de l'avoir envoyée à la casse ?

— À la casse ?... tressaute-t-il comme sous l'effet d'une morsure.

— Ou au charbon, si tu préfères...

— Je n'aime pas ces formules.

— D'accord, je reformule ma question : Quelle fierté peut-on tirer lorsqu'on envoie des gens mourir pour que d'autres vivent libres et heureux ?

Il lève les mains à hauteur de sa poitrine pour me

prier de baisser le ton à cause de la proximité des deux adolescents, me fait signe de le suivre derrière la camionnette. Sa démarche est fébrile ; il n'arrête pas de trébucher.

Je le harcèle :

— Et puis, pourquoi ?

— Pourquoi quoi ?

Sa peur, sa misère, ses vêtements crasseux, son visage mal rasé et ses yeux chassieux m'engrossent d'une colère brutale, grandissante. Mon corps vibre de la tête aux pieds.

— Pourquoi ? grommelé-je, vexé par mes propres propos, pourquoi sacrifier les uns pour le bonheur des autres ? Ce sont généralement les meilleurs, les plus braves qui choisissent de faire don de leur vie pour le salut de ceux qui se terrent dans leur trou. Alors pourquoi privilégier le sacrifice des justes pour permettre aux moins justes de leur survivre ? Tu ne trouves pas que c'est détériorer l'espèce humaine ? Que va-t-il en rester, dans quelques générations, si ce sont toujours les meilleurs qui sont appelés à tirer leur révérence pour que les poltrons, les faux-jetons, les charlatans et les salopards continuent de proliférer comme des rats ?

— Amine, je ne te suis plus, là ? Les choses se sont toujours déroulées de la sorte depuis la nuit des temps. Les uns meurent pour le salut des autres. Tu ne crois pas au salut des autres ?

— Pas lorsqu'il condamne le mien. Or, vous avez foutu ma vie en l'air, détruit mon foyer, gâché ma carrière et réduit en poussière tout ce que j'ai bâti, pierre par pierre, à la sueur de mon front. Du jour au lendemain, mes rêves se sont effondrés comme des châteaux de cartes. Tout ce qui était à portée de ma main s'est évanoui. Pfuit ! que du vent… J'ai *tout* perdu pour *rien*. Avez-vous pensé à ma peine lorsque vous avez sauté de joie en apprenant que l'être que je chérissais le plus au monde s'était fait exploser dans un restaurant aussi bourré de gosses qu'elle de dynamite ? Et toi, tu veux me faire croire que je dois m'estimer le plus heureux des hommes parce que mon épouse est une héroïne, qu'elle a fait don de sa vie, de son confort, de mon amour sans même me consulter ni me préparer au pire ? De quoi j'avais l'air, *moi*, alors que je refusais d'admettre ce que tout le monde savait ? D'un cocu ! J'avais l'air d'un misérable cocu. Je me couvrais de ridicule jusqu'au bout des ongles, voilà de quoi j'avais l'air. De quelqu'un que sa femme trompait de long en large pendant qu'il se défonçait comme une brute pour lui rendre la vie aussi agréable que possible.

— Je crois que tu te trompes d'interlocuteur. Je n'ai rien à voir avec cette histoire. Je n'étais pas au courant des intentions de Sihem. J'étais à mille lieues de la croire capable d'une telle initiative.

— Tu m'as dit que tu étais fier d'elle ?

— Que veux-tu que je te dise d'autre ? J'ignorais que tu n'étais pas au courant.

— Tu crois que je l'aurais encouragée à se donner en spectacle de cette façon si j'avais décelé la moindre lueur de ses intentions ?

— Je suis vraiment confus, Amine. Pardonne-moi si j'ai… si j'ai… enfin, je ne comprends plus rien. Je… Je ne sais quoi dire.

— Dans ce cas, tais-toi. De cette façon au moins tu ne risques pas de dire des sottises.

10

Il me fait de la peine, Yasser. Désemparé, le cou enfoui sous son col pourri comme s'il s'attendait à recevoir le ciel sur la tête, il feint de se concentrer sur la chaussée pour ne pas avoir à affronter mon regard. De toute évidence, je fais fausse route. Yasser n'est pas le genre d'homme sur qui l'on peut compter en cas de coup dur – encore moins à associer aux préparatifs d'une tuerie. La soixantaine révolue, il n'est qu'une loque aux yeux rongés et à la bouche affaissée, capable de me claquer entre les doigts au détour d'un froncement de sourcils. S'il dit ne rien savoir de l'attentat, c'est que c'est vrai. Yasser ne prend jamais de risques. Je ne me souviens pas de l'avoir vu rouspéter ou retrousser ses manches pour en venir aux mains avec quelqu'un. Bien au contraire, il est beaucoup plus prompt à rentrer dans sa coquille et attendre que ça se tasse qu'à laisser transparaître un quelconque signe de protestation. Sa peur chimérique des flics et sa soumission aveugle à l'autorité de l'État l'ont réduit à la plus simple expression de la survie – galérer sans relâche pour joindre les deux bouts et considérer chaque bouchée de pain comme un pied de nez brandi à la barbe de la déveine. Et, à le regarder ramassé sur son volant, avec son cou ratatiné et son profil bas, déjà coupable de se trouver sur mon chemin, je réalise pleinement le caractère insensé de mon entreprise. Seulement, comment éteindre cette braise qui me perfore les tripes ? Comment me regarder dans une glace sans me voiler la face, avec mon amour-propre en charpie et ce doute qui, malgré sa mise devant le fait accompli, continue de se jouer de mon chagrin. Depuis que le capitaine Moshé m'a livré à moi-même, impossible de fermer les yeux sans me retrouver nez à nez avec le sourire de Sihem. Elle était si tendre et prévenante et paraissait s'abreuver aux sources de mes lèvres quand, mon bras autour de sa taille, debout dans notre jardin, je lui racontais les beaux jours qui nous attendaient, les grands projets que j'échafaudais pour elle. Je sens encore ses doigts étreignant les miens avec un engouement et une conviction qui me semblaient indéfectibles. Elle croyait dur comme fer aux lendemains qui chantent, et mettait du cœur à l'ouvrage chaque fois que le mien s'essoufflait. Nous étions si heureux, si confiants l'un en l'autre. Par quel sortilège le mausolée que j'élevais autour d'elle s'est-il évanoui, pareil à un château de sable sous les vagues ? Comment continuer de croire après avoir misé l'ensemble de mes certitudes sur un serment traditionnellement sacré et qui s'avère aussi peu fiable qu'une promesse d'arracheur de dents ? C'est parce que je n'ai pas de réponse que je suis venu à Bethléem provoquer le diable, à mon tour suicidaire parce qu'inconsolable et nu.

Yasser m'explique qu'il doit laisser sa camionnette dans un garage, la ruelle qui mène jusqu'à chez lui étant inaccessible aux voitures. Il est soulagé de trouver enfin quelque chose à dire sans risquer de gaffer. Je l'autorise à ranger sa guimbarde où ça lui chante. Il opine du chef et fonce par une artère grouillante de gens, comme délivré d'un poids insoutenable. Nous traversons un quartier chaotique avant de déboucher sur une esplanade poussiéreuse où un marchand de brochettes s'applique à tenir les mouches éloignées de ses quartiers de viande. Le garage en question fait coin dans une ruelle efflanquée, en face d'une cour jonchée de caissons bousillés et de tessons. Yasser donne deux coups de klaxon et doit attendre de longues minutes avant d'entendre se rabattre des verrous. Un grand portail d'un bleu affligeant coulisse dans un grincement. Yasser manœuvre sur place pour orienter le museau de sa camionnette sur une sorte de préau et glisse adroitement entre la carcasse d'une grue naine et un 4×4 défiguré. Un gardien débraillé et chenu nous salue d'une main lasse, referme le portail et retourne vaquer à ses occupations.

— C'était un entrepôt désaffecté avant, m'informe Yasser pour changer de sujet. Adel, mon fils, l'a acheté pour une bouchée de pain. Il comptait investir dans la mécanique. Mais les nôtres sont tellement débrouillards et si peu regardants quant à l'usure de leurs tacots que la faillite n'a pas tardé à torpiller le projet. Adel a perdu beaucoup d'argent dans cette affaire. En attendant d'autres opportunités, il a transformé l'entrepôt en parking pour les riverains.

Une demi-douzaine de voitures rongent leur frein çà et là. Certaines sont hors service, avec des roues crevées et des pare-brise amochés. Mon attention est attirée par une grosse cylindrée rangée un peu à l'écart, à l'abri du soleil. C'est une Mercedes ancien modèle de couleur crème à moitié recouverte d'une bâche.

— Elle appartient à Adel, me confie fièrement Yasser après avoir suivi mon regard.

— Il l'a achetée quand ?

— Je ne me rappelle plus.

— Pourquoi elle est sur cales ? C'est une voiture de collection ?

— Non, mais Adel n'étant pas là, personne ne la sort.

Dans ma tête, des voix se télescopent. Celle du capitaine Moshé d'abord – *le conducteur de l'autocar Tel-Aviv-Nazareth dit que ta femme est montée dans une Mercedes ancien modèle de couleur crème* –, heurtée de plein fouet par celle de Naveed Ronnen – *mon beau-père a la même.*

— Il est où, Adel ?

— Tu sais comment ils sont, les affairistes. Un jour ici, un jour ailleurs, à traquer l'aubaine.

Le visage de Yasser s'est de nouveau fripé.

À Tel-Aviv, il m'arrive rarement de recevoir des proches, mais Adel me rendait souvent visite. Jeune, dynamique, il voulait réussir coûte que coûte. Il n'avait pas dix-sept ans quand il m'avait proposé de m'associer avec lui pour monter une affaire dans la téléphonie. Devant ma réticence, il est revenu quelque temps plus tard me soumettre un second projet. Il voulait se lancer dans le recyclage des pièces de rechange automobiles. J'ai eu toutes les peines du monde à lui expliquer que j'étais chirurgien et que je n'avais pas d'autre vocation. À cette époque, il descendait chez moi chaque fois qu'il était de passage à Tel-Aviv. C'était un garçon formidable et drôle que Sihem avait adopté sans coup férir. Il rêvait de fonder une entreprise à Beyrouth à partir de laquelle il s'élancerait à la conquête du marché arabe, notamment celui des monarchies du golfe Persique. Mais depuis plus d'une année, je ne l'ai plus revu.

— Quand Sihem est passée chez toi, Adel était avec elle ?

Yasser lisse nerveusement l'arête de son nez.

— Je l'ignore. J'étais à la mosquée pour la prière du vendredi lorsqu'elle est arrivée. Elle n'a trouvé que mon petit-fils Issam qui gardait la maison.

— Tu disais qu'elle n'était même pas restée pour une tasse de thé.

— Façon de parler.

— Et Adel ?

— Je ne sais pas.

— Issam le sait ?

— Je ne le lui ai pas demandé.

— Issam connaissait ma femme ?

— Je suppose que oui.

— Et depuis quand ? Sihem n'a jamais mis les pieds à Bethléem, et ni toi, ni Leila, ni ton petit-fils n'êtes venus chez moi.

Yasser s'embrouille ; ses mains se perdent dans des gestes indécis.

— Rentrons à la maison, Amine. On discutera de tout ça à tête reposée autour d'un bon thé.

Les choses se compliquent davantage à la maison. Nous trouvons Leila alitée, une voisine à son chevet. Son pouls est faible. Je propose qu'on l'évacue sur le dispensaire le plus proche. Yasser refuse et m'explique que ma sœur de lait suit un traitement, que ce sont les comprimés qu'elle avale en quantité tous les jours qui la mettent dans cet état. Un peu plus tard, Leila s'étant assoupie, je dis à Yasser que je tenais à m'entretenir avec Issam.

— D'accord, fait-il sans enthousiasme, je vais le chercher. Il habite à deux pâtés de maison d'ici.

Une vingtaine de minutes après, Yasser est de retour, flanqué d'un petit garçon au teint olivâtre.

— Il est malade, m'avertit Yasser.

— Dans ce cas, tu n'aurais pas dû l'amener.

— Au point où en sont les choses… maugrée-t-il, excédé.

Issam ne m'apprend pas grand-chose. Apparemment, son grand-père lui a fait la leçon avant de me le présenter. Pour lui, Sihem était venue seule. Elle voulait du papier et un stylo pour écrire. Issam a déchiré une feuille dans son cahier. Quand Sihem a fini d'écrire, elle lui a tendu une lettre et l'a chargé de la poster pour elle ; ce qu'il a fait. Issam avait remarqué un homme au coin de la rue en sortant. Il ne se souvient pas de ses traits mais ce n'était pas quelqu'un du quartier. À son retour de la poste, Sihem était partie et l'inconnu avait disparu.

— Tu étais seul à la maison ?

— Oui. Grand-mère était à En Kerem, chez ma tante. Grand-père à la mosquée. Moi, je faisais mes devoirs en gardant la maison.

— Tu connaissais Sihem ?

— J'avais vu des photos d'elle dans l'album d'Adel.

— Tu l'as reconnue tout de suite ?

— Pas tout de suite. Mais ça m'est revenu quand elle m'a dit qui elle était. Elle ne voulait voir personne en particulier, mais juste écrire une lettre avant de repartir.

— Elle était comment ?

— Belle.

— Je ne te parle pas de ça. Elle avait l'air pressé ou quelque chose comme ça ?

Issam réfléchit.

— Elle avait l'air normal.

— Et c'est tout ?

Issam consulte son grand-père du regard ; il ne rajoute mot.

Je me retourne vivement vers Yasser et le brusque :

— Tu dis ne l'avoir pas rencontrée ; Issam ne nous apprend rien de ce que nous ne savions déjà, alors qui t'autorise à avancer que ma femme était à Bethléem pour que cheikh Marwan la bénisse ?

— Le dernier mioche de la ville te le dirait, rétorque-t-il. Tout Bethléem sait que Sihem était passée par là la veille de l'attentat. C'est un peu l'icône de la cité désormais. Les uns jurent même lui avoir parlé et baisé le front. Ce sont des réactions courantes, chez nous. Un martyr, c'est la porte ouverte sur toutes sortes de fabulations. Il se peut que la rumeur exagère, mais, d'après ce que tout le monde raconte, Sihem a été bénie par cheikh Marwan ce vendredi-là.

— Ils se sont rencontrés à la Grande Mosquée ?

— Pas pendant la prière. Beaucoup plus tard, après que tous les fidèles sont rentrés chez eux.

— Je vois.

Le lendemain, à la première heure, je me présente à la Grande Mosquée. Quelques prieurs finissent de se prosterner sur les larges édredons qui tapissent le parterre ; d'autres, chacun dans son coin, lisent dans des corans. Je me déchausse sur le seuil du sanctuaire et entre. Un vieillard se recroqueville sur lui-même lorsque je lui demande s'il y a un responsable à qui m'adresser, outré qu'on le dérange alors qu'il est en prière. Je cherche autour de moi quelqu'un susceptible de m'orienter.

— Oui ? claque une voix dans mon dos.

C'est un jeune homme au visage émacié, très grand de taille, avec des yeux profonds et un nez crochu. Je lui tends une main qu'il ne saisit pas. Mon visage ne lui disant rien qui vaille, il est intrigué par mon intrusion.

— Docteur Amine Jaafari.

— Oui ?…

— Je suis le docteur Amine Jaafari.

— J'ai entendu. Que puis-je pour vous ?

— Mon nom ne vous dit rien ?

Il ébauche une moue évasive :

— Je ne vois pas.

— Je suis l'époux de Sihem Jaafari.

Le fidèle plisse les yeux pour méditer mes propos.
Subitement, son front se retrousse sur plusieurs rides
et son teint vire au gris. Il porte sa main à son cœur et
s'écrie :

— Mon Dieu ! Où avais-je la tête ?

Et il se confond en excuses.

— Je suis impardonnable.

— Ce n'est pas grave.

Il écarte les bras pour me serrer contre lui.

— Frère Amine, c'est un honneur et un privilège de
vous connaître. Je vais vous annoncer immédiatement à
l'imam. Je suis certain qu'il sera ravi de vous recevoir.

Il me prie de l'attendre dans la salle, se hâte vers le
minbar, soulève une tenture donnant sur une anti-
chambre dérobée et disparaît. Les quelques prieurs qui
lisaient adossés aux murs me considèrent avec curiosité. Ils n'ont pas entendu mon nom mais ont remarqué
comment le fidèle a changé brusquement d'attitude
avant de filer alerter son maître. Un gros barbu repose
carrément son coran pour me dévisager avec un sans-
gêne qui me met mal à l'aise.

Je crois voir un pan de la tenture se soulever et se
rabattre, mais personne ne se montre derrière le minbar. Cinq minutes plus tard, le fidèle revient, visiblement froissé.

— Je suis désolé. L'imam n'est pas là. Il a dû sortir
sans que je m'en aperçoive.

132

Il se rend compte que les autres croyants nous observent ; de son regard noir, il les oblige à se détourner.

— Il sera de retour pour la prière ?

— Bien sûr… – puis, se ressaisissant, il ajoute : J'ignore où il s'est rendu. Il se pourrait qu'il ne revienne pas avant plusieurs heures.

— Ça ne fait rien, je vais l'attendre ici.

Le fidèle jette un coup d'œil déconcerté du côté du minbar en déglutissant :

— C'est pas certain qu'il rentre avant la tombée de la nuit.

— Ce n'est pas un problème. Je patienterai.

Dépassé, il lève les bras et se retire.

Je m'installe en fakir au pied d'une colonne, m'empare d'un livre de hadiths et l'ouvre au hasard sur mes genoux. Le fidèle réapparaît, fait semblant de s'entretenir avec un vieillard, tourne en rond dans la grande salle, rappelant un fauve en cage ; ensuite il sort dans la rue.

Une heure passe, puis une deuxième. Vers midi, trois jeunes hommes, surgis de je ne sais d'où, s'approchent de moi et, après les salamalecs d'usage, m'informent que ma présence dans la mosquée était inutile et me prient de quitter les lieux.

— Je veux voir l'imam.

— Il est souffrant. Il a eu un malaise, ce matin. Il ne sera pas de retour avant plusieurs jours.

— Je suis le docteur Amine Jaafari…

— C'est bien, m'interrompt le plus petit, un garçon d'une trentaine d'années aux pommettes saillantes et au front tailladé. Maintenant, rentrez chez vous.

— Pas avant de m'entretenir avec l'imam.

— Nous vous ferons signe dès qu'il ira mieux.

— Vous savez où me joindre ?

— À Bethléem tout se sait.

Ils me poussent gentiment, mais fermement, vers la sortie, patientent le temps que je remette mes chaussures et m'escortent en silence jusqu'au coin de la rue.

Deux des trois hommes qui m'ont raccompagné continuent de me filer tandis que je regagne le centreville. Ostensiblement. Pour me montrer qu'ils m'ont à l'œil et que je n'ai pas intérêt à revenir sur mes pas.

C'est jour de marché. La place grouille de monde. Je vais dans un café borgne, commande un noir sans sucre et, retranché derrière une vitre mouchetée d'empreintes digitales et de chiures, je surveille le souk en ébullition. Dans la salle encombrée de tables rudimentaires et de chaises geignardes, des vieillards se morfondent sous l'œil terne d'un barman coincé derrière son comptoir. À côté de moi, un quinquagénaire propret tire sur son narghileh. Plus loin, des jeunes jouent aux dominos avec fracas. Je me planque là jusqu'à l'heure de la prière. Quand l'appel du muezzin retentit, je décide de retourner dans la Grande Mosquée, espérant ainsi surprendre l'imam en plein office.

Je suis intercepté à l'entrée du quartier par les deux hommes qui me filaient dans la matinée. Ils ne sont pas contents de me revoir et ne me laissent pas approcher le sanctuaire.

— Ce n'est pas bien ce que vous faites, docteur, me dit le plus grand.

Je retourne chez Leila attendre la prière suivante.

De nouveau, je suis interpellé avant d'atteindre la mosquée. Cette fois, un troisième homme se joint à mes anges gardiens agacés par mon entêtement. Il est bien habillé, petit de taille mais costaud, avec une moustache fine et une grosse bague argentée au doigt.

Il me prie de le suivre dans une impasse et là, à l'abri des indiscrétions, il me demande où je voulais en venir.

— Je demande à voir l'imam.

— À quel sujet ?

— Vous savez très bien pourquoi je suis ici.

— Peut-être, mais vous ne savez pas où vous mettez les pieds.

La menace est claire ; ses yeux cherchent à crever les miens.

— Pour l'amour du Ciel, docteur, dit-il, les nerfs à fleur de peau. Faites ce que l'on vous dit : rentrez chez vous.

Il me plante là et s'en va, ses compagnons fermant la marche derrière lui. Je regagne le domicile de Yasser et attends la prière du *maghreb*, décidé à pousser l'imam jusqu'à ses derniers retranchements. Kim m'appelle entre-temps. Je la rassure en lui promettant de la rappeler avant le soir.

Le soleil disparaît à l'horizon sur la pointe des pieds. Les bruits de la rue s'apaisent. Une petite brise s'engouffre dans le patio étuvé par la fournaise de l'après-midi. Yasser rentre quelques minutes avant la prière. Il est embêté de me trouver chez lui, mais soulagé d'apprendre que je ne reste pas pour la nuit.

À l'appel du muezzin, je sors dans la rue et me dirige vers la mosquée pour la troisième fois d'affilée. Les gardiens du temple ne m'attendent pas dans leur repaire ; ils anticipent et ils me tombent dessus à un pâté de maisons de chez Yasser. Ils sont cinq. Deux se tiennent en faction au bout de la venelle, les trois autres me bousculent dans une porte cochère.

— Ne joue pas avec le feu, docteur, me dit un grand gaillard en me plaquant contre une paroi.

Je me débats pour me défaire de son emprise ; ses

muscles herculéens ne cèdent pas. Dans l'obscurité naissante, ses yeux jettent des flammèches terrifiantes.

— Ton numéro n'épate personne, docteur.

— Ma femme a rencontré le cheikh Marwan dans la Grande Mosquée. C'est la raison pour laquelle je veux voir l'imam.

— On t'a raconté des salades. On ne veut pas de toi, ici.

— En quoi je dérange ?

Ma question l'amuse et l'agace en même temps. Il se penche sur mon épaule et me souffle dans l'oreille :

— Tu es en train de foutre le bordel dans la ville.

— Surveille ton jargon, le somme le petit aux pommettes saillantes et au front taillardé qui m'avait déjà parlé à la mosquée. On n'est pas dans une soue à cochons.

Le malappris ravale son zèle et recule d'un pas. Remis à sa place, il se tient à l'écart et ne bronche plus.

Le petit m'explique d'un ton conciliant :

— Docteur Amine Jaafari, je suis certain que vous ne vous rendez pas compte de la gêne que votre présence suscite à Bethléem. Les gens sont devenus trop susceptibles par ici. S'ils se tiennent à carreau, c'est pour ne pas répondre aux provocations. Les Israéliens ne cherchent qu'un prétexte pour profaner notre intégrité et nous soumettre au régime des ghettos. Nous le savons, et nous essayons de ne pas commettre l'erreur qu'ils attendent de pied ferme. Et vous êtes en train de faire leur jeu…

Il me fixe droit dans les yeux.

— Nous n'avons rien à voir avec votre femme

— Pourtant…

— Je vous en prie, docteur Jaafari. Comprenez-moi.

— Ma femme a rencontré, dans cette ville, le cheikh Marwan.

— C'est ce qu'on raconte effectivement, mais ce n'est pas vrai. Le cheikh Marwan n'est pas venu chez nous depuis des lustres. Ces rumeurs consistent à le mettre à l'abri des embuscades. Chaque fois qu'il veut se produire quelque part, on fait courir le bruit qu'il est à Haïfa, Bethléem, Janin, Gaza, Nusseireth, Ramallah, un peu partout en même temps pour brouiller les pistes et protéger ses déplacements. Les services israéliens sont à ses trousses. Ils ont déployé un contingent d'indics pour tirer l'alarme dès qu'il met le nez dehors. Il y a deux ans, il a échappé miraculeusement à un missile radioguidé lancé d'un hélicoptère. Nous avons perdu de nombreuses figures de proue de notre lutte de cette façon. Rappelez-vous comment Cheikh Yacine, à son âge finissant et cloué sur sa chaise roulante, a été ciblé. Nous devons veiller sur les rares leaders qui nous restent, docteur Jaafari. Et votre conduite ne nous aide pas…

Il me pose une main sur l'épaule et poursuit :

— Votre femme est une martyre. Nous lui serons éternellement reconnaissants. Mais ça ne vous autorise pas à chahuter son sacrifice ni à mettre en danger qui que ce soit. Nous respectons votre douleur, respectez notre combat.

— Je veux savoir…

— C'est encore trop tôt, docteur Jaafari, me coupe-t-il péremptoire. Je vous en prie, retournez à Tel-Aviv.

Il fait signe à ses hommes de filer.

Une fois seuls, lui et moi, il me prend le cou à deux mains, se soulève sur la pointe des pieds, m'embrasse voracement sur le front et s'en va sans se retourner.

11

Kim se précipite sur la porte dès qu'elle entend son-
ner. Elle m'ouvre dans la foulée, sans demander qui
est là.

— Dieu du ciel ! s'écrie-t-elle. Où étais-tu passé ?

Elle s'assure que je suis bien campé sur mes jambes,
que ni mes vêtements ni mon visage ne portent de
traces de violence et me montre le revers de ses mains :

— Bravo ! grâce à toi, je me suis remise aux bonnes
vieilles habitudes : je me ronge les ongles.

— Je n'ai pas trouvé de taxi à Bethléem, et, à cause
des checkpoints, aucun clandestin ne m'a proposé ses
services.

— Tu aurais pu m'appeler. Je serais venue te
chercher.

— Tu n'aurais pas trouvé ton chemin. Bethléem est
une grosse bourgade enchevêtrée. Une sorte de couvre-
feu entre en vigueur dès la tombée de la nuit. Je ne
savais où te donner rendez-vous.

— Bon, fait-elle en s'écartant pour me laisser passer,
tu es entier, et c'est déjà ça de gagné.

Elle a installé une table sur la loggia et mis le
couvert.

— J'ai fait quelques emplettes pendant ton absence.

Tu n'as pas soupé, j'espère, car je t'ai mijoté un petit festin.

— Je meurs de faim.

— Excellente nouvelle, fait-elle.

— J'ai beaucoup transpiré aujourd'hui.

— Je m'en doutais un peu… La salle de bains est prête.

Je vais dans ma chambre chercher ma trousse de toilette.

Je reste une vingtaine de minutes sous le jet brûlant de la douche, les mains contre le mur, le dos arrondi et le menton dans le cou. Le ruissellement de l'eau sur mon corps me détend. Je sens mes muscles se décontracter et mon souffle s'apaiser. Kim vient me tendre un peignoir de derrière le rideau. Sa pudeur exagérée me fait sourire. Je m'essuie dans une vaste serviette, me frotte vigoureusement les bras et les jambes, enfile le peignoir trop large de Benjamin et la rejoint sur la loggia.

À peine me suis-je assis que quelqu'un sonne à la porte. Nous nous regardons, Kim et moi, intrigués.

— Tu attends du monde ? je lui demande.

— Pas que je sache, dit-elle en allant ouvrir.

Un grand bonhomme avec une kippa et en tricot de peau bouscule presque Kim pour entrer. Il jette un rapide coup d'œil par-dessus sa tête, me dévisage et dit :

— Je suis le voisin du 38. J'ai vu de la lumière, alors je suis venu saluer Benjamin.

— Benjamin n'est pas là, lui fait Kim, agacée par son sans-gêne. Je suis sa sœur, docteur Kim Yehuda.

— Sa sœur ? Je ne vous ai jamais vue.

— Vous me voyez maintenant.

Il acquiesce de la tête, reporte son regard sur moi.

— Ben, dit-il, j'espère que je ne vous ai pas dérangés.

— Ce n'est pas grave.

Il porte un doigt à sa tempe dans un vague salut et se retire. Kim sort le regarder partir avant de refermer la porte.

— Il ne manque pas de culot, grommelle-t-elle en retournant à table.

Nous nous mettons à manger. Les stridulations de la nuit s'accentuent autour de nous. Une énorme phalène tourne follement autour de l'ampoule accrochée au fronton de la maison. Dans le ciel, où tant de romances s'étaient diluées jadis, un croissant de lune se mouche dans un nuage. Par-dessus le muret de la résidence, on peut voir les lumières de Jérusalem, avec ses minarets et le clocher de ses églises qu'écartèle désormais ce rempart sacrilège, misérable et laid, né de l'inconsistance des hommes et de leurs indécrottables vacheries. Et pourtant, malgré l'affront que lui fait le Mur de toutes les discordes, Jérusalem la défigurée ne se laisse pas abattre. Elle est toujours là, blottie entre la clémence de ses plaines et la rigueur du désert de Judée, puisant sa survivance aux sources de ses vocations éternelles auxquelles ni les rois de naguère ni les charlatans d'aujourd'hui n'auront accédé. Bien que cruellement excédée par les abus des uns et le martyre des autres, elle continue de garder la foi – ce soir plus que jamais. On dirait qu'elle se recueille au milieu de ses cierges, qu'elle recouvre toute la portée de ses prophéties maintenant que les hommes se préparent à dormir. Le silence se veut un havre de paix. La brise crisse dans les feuillages, chargée d'encens et de senteurs cosmiques. Il suffirait de prêter l'oreille pour percevoir le pouls des dieux, de tendre la main pour cueillir leur miséricorde, d'une présence d'esprit pour faire corps avec eux.

141

J'ai beaucoup aimé Jérusalem, adolescent. J'éprouvais le même frisson aussi bien devant le Dôme du Rocher qu'au pied du mur des Lamentations et je ne pouvais demeurer insensible à la quiétude émanant de la basilique du Saint-Sépulcre. Je passais d'un quartier à l'autre comme d'une fable ashkénaze à un conte bédouin, avec un bonheur égal, et je n'avais pas besoin d'être un objecteur de conscience pour retirer ma confiance aux théories des armes et aux prêches virulents. Je n'avais qu'à lever les yeux sur les façades alentour pour m'opposer à tout ce qui pouvait égratigner leur immuable majesté. Aujourd'hui encore, partagée entre un orgasme d'odalisque et sa retenue de sainte, Jérusalem a soif d'ivresse et de soupirants et vit très mal le chahut de ses rejetons, espérant contre vents et marées qu'une éclaircie délivre les mentalités de leur obscur tourment. Tour à tour Olympe et ghetto, égérie et concubine, temple et arène, elle souffre de ne pouvoir inspirer les poètes sans que les passions dégénèrent et, la mort dans l'âme, s'écaille au gré des humeurs comme s'émiettent ses prières dans le blasphème des canons...

— Ça a été ? m'interrompt Kim.

— Quoi ?

— Ta journée ?

Je m'essuie la bouche dans une serviette.

— Ils ne s'attendaient pas à me voir débarquer, dis-je. Maintenant qu'ils m'ont sur les bras, ils ne savent où donner de la tête.

— Tant que ça ?... Et c'est quoi au juste ta tactique ?

— Je n'en ai pas. Ne sachant par où commencer, je fonce dans le tas.

Elle me verse de l'eau gazeuse. Sa main n'est pas tranquille.

— Tu penses qu'ils vont se laisser faire ?

— Je n'en ai pas la moindre idée.

— Dans ce cas, où veux-tu en venir ?

— C'est à eux de me le dire, Kim. Je ne suis ni flic ni journaliste d'investigation. J'ai de la colère et elle me boufferait cru si je croisais les bras. Pour être franc, je ne sais pas exactement ce que je veux. J'obéis à quelque chose qui est en moi et qui me pilote à sa guise. J'ignore où je vais et je n'en ai cure. Mais je t'assure que je me sens déjà mieux maintenant que j'ai donné un coup de pied dans la fourmilière. Il fallait les voir quand ils me retrouvaient en travers de leur chemin... Est-ce que tu vois ce que je veux dire ?

— Pas vraiment, Amine. Ton manège n'augure rien de bon. À mon avis, tu te trompes sur la personne. C'est un psy qu'il te faut, pas un gourou. Ces gens-là n'ont pas de comptes à te rendre.

— Ils ont tué ma femme.

— Sihem *s'est* tuée, Amine, me dit-elle doucement comme si elle redoutait de réveiller mes vieux démons. Elle savait ce qu'elle faisait. Elle avait choisi son destin. Ce n'est pas la même chose.

Les propos de Kim m'exaspèrent.

Elle me prend la main.

— Si tu ne sais pas ce que tu veux, pourquoi t'obstiner à foncer dans le tas ? Ce n'est pas la bonne direction. Admettons que ces gens-là daignent te rencontrer, que comptes-tu leur soutirer ? Ils te diraient que ta femme est morte pour la bonne cause et t'inviteraient à en faire autant. Ce sont des gens qui ont renoncé à ce monde, Amine. Rappelle-toi ce que te disait Naveed ; ce sont des martyrs en instance, ils attendent le feu vert pour partir en fumée. Je t'assure que tu fais fausse route. Retournons chez nous et laissons faire la police.

Je retire ma main de la sienne.

— J'ignore ce qu'il m'arrive, Kim. Je suis parfaitement lucide, mais j'éprouve un besoin terrible de n'en faire qu'à ma tête. J'ai le sentiment que je ne pourrai faire le deuil de ma femme qu'après avoir eu en face de moi le fumier qui lui a usurpé la tête. Il m'importe peu de savoir ce que j'aurai à lui dire ou à lui balancer à la figure. Je veux juste voir la gueule qu'il a, comprendre ce qu'il a de plus que moi… C'est difficile à expliquer, Kim. Il se passe tellement de choses dans mon esprit. Des fois, je m'en veux à mort. Des fois, Sihem m'apparaît pire que toutes les salopes réunies. Il faut que je sache qui, de nous deux, a fauté vis-à-vis de l'autre.

— Et tu penses trouver la réponse chez ces gens-là.

— Je n'en sais rien !

Mon cri retentit dans le silence comme une détonation. Kim est tétanisée sur sa chaise, un torchon contre la bouche, les yeux écarquillés.

Je lève les mains à hauteur de mes épaules pour me calmer :

— Je te demande pardon… Toute cette histoire me dépasse, c'est évident. Mais il faut me laisser faire ce que j'ai envie de faire. S'il m'arrive quelque chose, c'est peut-être ce que je cherche après tout.

— Je m'inquiète pour toi.

— Je n'en doute pas une seconde, Kim. J'ai honte parfois de me conduire de la sorte, pourtant je refuse de m'assagir. Et plus on essaie de me raisonner, et moins j'ai envie de me ressaisir… Est-ce que tu me comprends ?

Kim pose son torchon à côté d'elle sans répondre.

Ses lèvres frétillent pendant une longue minute avant de rattraper leurs mots. Elle respire profondément, pose sur moi des yeux douloureux et me dit :

— J'ai connu quelqu'un, il y a longtemps. C'était un garçon ordinaire, sauf qu'il m'a tapé dans l'œil dès que je l'ai vu. Il était gentil, et tendre. J'ignore comment il a fait, mais au bout d'un flirt il a réussi à être le centre de l'univers pour moi. J'avais le coup de foudre toutes les fois qu'il me souriait, si bien que lorsqu'il me faisait la gueule quelquefois il me fallait allumer toutes les lampes en plein jour pour voir clair autour de moi. Je l'ai aimé comme c'est rarement possible. Par moments, au comble du bonheur, je me posais cette question terrible : et s'il me quittait ? Tout de suite, je voyais mon âme se séparer de mon corps. Sans lui, j'étais finie. Pourtant, un soir, sans préavis, il a jeté ses affaires dans une valise et il est sorti de ma vie. Des années durant, j'ai eu l'impression d'être une enveloppe oubliée après une mue. Une enveloppe transparente suspendue dans le vide. Puis, d'autres années ont passé, et je me suis aperçue que j'étais encore là, que mon âme ne m'a jamais faussé compagnie, et d'un coup, j'ai recouvré mes esprits…

Ses doigts couvent les miens, les broient.

— Ce que je veux dire est simple, Amine. On a beau s'attendre au pire, il nous surprendra toujours. Et si, par malheur, il nous arrive d'atteindre le fond, il dépendra de nous, et de nous seuls, d'y rester ou de remonter à la surface. Entre le chaud et le froid, il n'y a qu'un pas. Il s'agit de savoir où mettre les pieds. C'est très facile de déraper. Une précipitation, et on pique du nez dans le fossé. Mais est-ce la fin du monde ? Je ne le pense pas. Pour reprendre le dessus, il suffit juste de se faire une raison.

Dehors, une voiture s'arrête dans un crissement de freins ; des portières claquent et des bruits de pas recouvrent les stridulations. On cogne à la porte ; ensuite, on sonne. Kim va ouvrir. C'est la police qu'accompagne le voisin du 38. L'officier est un homme blond d'un certain âge, frêle et courtois ; trois agents l'escortent, armés jusqu'aux dents. Il s'excuse de nous déranger et demande à voir nos papiers. Nous allons dans nos chambres respectives chercher les documents en question, suivis de près par les policiers.

L'officier contrôle nos cartes d'identité et professionnelles, s'attarde sur les miennes.

— Vous êtes Israélien, monsieur Jaafari ?

— Ça vous pose problème ?

Il me toise, irrité par ma question, nous rend nos documents et s'adresse à Kim.

— Vous êtes la sœur de Benjamin Yehuda, madame ?

— Oui.

— Votre frère est une vieille connaissance. Il n'est toujours pas rentré des États-Unis ?

— Il est à Tel-Aviv. Pour les préparatifs d'un forum.

— C'est vrai, j'ai oublié. J'ai entendu dire qu'il a été opéré, ces derniers temps. J'espère qu'il va bien maintenant…

— Mon frère n'a jamais mis les pieds dans un bloc opératoire, monsieur l'officier.

Il opine du chef, la salue et fait signe à ses hommes de le suivre dans la rue. Avant de refermer la porte, nous entendons le voisin du 38 dire qu'il n'avait jamais entendu Benjamin lui parler d'une sœur. Les portières claquent de nouveau et la voiture démarre sur les chapeaux de roue.

— La confiance règne, dis-je à Kim.

— Et comment ! fait-elle en rejoignant la table.

Je ne ferme pas l'œil de la nuit. Tantôt fixant le plafond à le crever, tantôt tétant une énième cigarette, je rumine les propos de Kim jusqu'à satiété sans leur trouver de saveur. Kim ne me comprend pas ; plus grave, je ne suis pas plus avancé qu'elle. Cependant, je ne supporte plus que l'on me fasse la leçon. Je ne veux écouter que cette chose qui me squatte la tête et m'entraîne, à mon corps défendant, vers le seul tunnel à me proposer un soupçon de lumière à l'heure où toutes les autres issues me renient.

Le matin, très tôt, je profite du sommeil de Kim pour quitter la maison sur la pointe des pieds et saute dans un taxi pour Bethléem. La Grande Mosquée est presque déserte. Un fidèle, qui rangeait des livres dans une bibliothèque de fortune, n'a pas le temps de me rattraper. Je traverse en coup de vent la salle de prière, soulève la tenture derrière le minbar et débouche sur une pièce rudimentaire où un jeune homme en kamis blanc et coiffé d'une toque lit dans un coran. Il est assis en fakir sur un coussin, une table basse devant lui. Le fidèle s'engouffre derrière moi, m'attrape par l'épaule ; je le repousse et fais face à l'imam qui, outragé par mon intrusion, prie son disciple de se tenir tranquille. Ce dernier se retire en grognant. L'imam referme son livre pour me dévisager. Son regard est rempli de colère.

— Ce n'est pas un moulin, ici.

— Je suis désolé, mais c'est le seul moyen de vous approcher.

— Ce n'est pas une raison.

— J'ai besoin de m'entretenir avec vous.

— À quel sujet ?

— Je suis le docteur…

— Je sais qui vous êtes. C'est moi qui ai demandé que l'on vous tienne éloigné de la mosquée. Je ne vois pas ce que vous espérez trouver à Bethléem, et ne pense pas que votre présence chez nous soit une bonne idée.

Il pose le coran sur un minuscule chevalet à côté de lui et se lève. Il est petit, ascétique, mais son être exhale une énergie et une détermination à toute épreuve.

Ses yeux d'un noir impressionnant pèsent sur les miens.

— Vous n'êtes pas le bienvenu parmi nous, docteur Jaafari. Vous n'avez pas, non plus, le droit d'entrer dans ce sanctuaire sans ablutions et sans vous déchausser, ajoute-t-il en essuyant du doigt les coins de sa bouche. Si vous perdez la tête, gardez au moins un semblant de correction. Ici, c'est un lieu de culte. Et nous savons que vous êtes un croyant récalcitrant, presque un renégat, que vous ne pratiquez pas la voie de vos ancêtres ni ne vous conformez à leurs principes, et que vous vous êtes désolidarisé depuis longtemps de leur Cause en optant pour une autre nationalité… Est-ce que je me trompe ?

Devant mon silence, il esquisse une grimace lourde de dédain et décrète d'un ton sentencieux :

— Par conséquent, je ne vois pas de quoi nous pouvons discuter.

— De ma femme !

— Elle est morte, rétorque-t-il sèchement.

— Mais je n'ai pas encore fait son deuil.

— C'est votre problème, docteur.

L'aridité de son ton, conjuguée à son caractère expéditif, me déstabilise. Je n'arrive pas à croire qu'un homme censé être proche de Dieu puisse être si éloigné des hommes, si insensible à leur peine.

— Je n'aime pas la manière dont vous me parlez.

— Il y a énormément de choses que vous n'aimez pas, docteur, et je ne pense pas que ça vous dispense de quoi que ce soit. J'ignore qui s'est chargé de votre éducation ; une certitude : vous n'avez pas été à la bonne école. D'un autre côté, rien ne vous autorise à prendre cet air outré ou à vous situer au-dessus du commun des mortels ; ni votre réussite sociale ni la bravoure de votre épouse qui, soit dit en passant, ne vous élève aucunement dans notre estime. Pour moi, vous n'êtes qu'un pauvre malheureux, un misérable orphelin sans foi et sans salut qui erre tel un somnambule en pleine lumière. Vous marcheriez sur l'eau que ça ne vous laverait pas de l'affront que vous incarnez. Car le bâtard, le vrai, n'est pas celui qui ne connaît pas son père, mais celui qui ne se connaît pas de repères. De toutes les brebis galeuses, il est la plus à plaindre et la moins à pleurer.

Il me toise, la bouche prête à mordre :

— Maintenant, allez-vous-en. Vous portez le mauvais œil sur notre demeure.

— Je vous interdis…

— Dehors !

Son bras se tend vers la tenture, tranchant comme un glaive.

— Encore une chose, docteur : entre s'intégrer et se désintégrer, la marge de manœuvre est si étroite que le moindre excès pourrait tout fausser.

— Espèce d'illuminé !

— Éclairé, précise-t-il.

— Vous vous croyez investi d'une mission divine.

— Tout brave en est investi. Autrement, il ne serait que vaniteux, égoïste et injuste.

Il tape dans ses mains. Le disciple, qui visiblement écoutait à la porte, revient me prendre par l'épaule. Je le repousse avec hargne et me retourne vers l'imam.

— Je ne quitterai pas Bethléem avant d'avoir rencontré un responsable de votre mouvement.

— Sortez de chez moi, s'il vous plaît, me dit l'imam en ramassant son livre sur le chevalet.

Il se rassied sur le coussin et fait comme si je n'étais plus là.

Kim m'appelle sur mon mobile. Elle est très affectée par la manière dont je lui ai faussé compagnie. Pour me racheter, je consens à ce qu'elle me rejoigne à Bethléem et lui fixe rendez-vous dans une station-service à l'entrée de la ville. Nous nous rendons ensuite chez ma sœur de lait qui ne s'est pas relevée de sa dernière rechute.

Persuadé que les hommes de l'imam allaient se manifester, nous restons au chevet de Leila. Yasser nous rejoint un peu plus tard. Il trouve Kim en train de s'occuper de sa femme et ne cherche pas à comprendre s'il s'agissait d'une amie à moi ou d'un médecin appelé en urgence. Nous nous retirons dans une pièce pour bavarder. Pour m'empêcher de gâcher sa fin de journée, il énumère les périls qui menacent son pressoir, les dettes qui s'accumulent, le chantage que lui font ses créanciers. Je l'écoute jusqu'à ce qu'il s'essouffle. À mon tour, je lui fais part de mon entretien expéditif avec l'imam. Il se contente de hocher le menton, une ride profonde sur le front. Prudent, il ne risque aucun commentaire, mais l'attitude de l'imam à mon encontre l'inquiète sérieusement.

Le soir, ne voyant rien venir, je décide de retourner à la mosquée. Deux hommes me tombent dessus dans une venelle. Le premier m'attrape par le collet et me fauche les jambes avec son pied ; le second me porte un coup de genou dans la hanche avant que je touche le sol. J'enfonce mon poignet blessé sous une aisselle et, le visage sous le bras, je me recroqueville sur moi-même pour me protéger des coups qui se mettent à pleuvoir de tous les côtés. Les deux hommes s'acharnent sur moi en promettant de me lyncher sur place s'ils me surprennent à rôder dans les parages. J'essaie de me relever ou de me traîner vers une porte cochère ; ils me tirent par les jambes vers le milieu de la chaussée et me shootent dans le dos et dans les jambes. Les quelques badauds qui se manifestent dans la ruelle battent aussitôt en retraite, m'abandonnant à la furie de mes agresseurs. Entre contorsions et cris, quelque chose flamboie dans ma tête et je perds connaissance…

En recouvrant mes esprits, je découvre une ribambelle de mioches autour de moi. L'un d'eux demande si j'étais mort, un autre lui répond que j'étais probablement soûl – tous reculent d'un bond quand je me mets sur mon séant.

La nuit est tombée. Je titube en m'appuyant contre les murs, les mollets flageolants et la tête bourdonnante. Il me faut mille acrobaties pour atteindre la maison de mon beau-frère.

— Mon Dieu ! hurle Kim.

Avec Yasser, elle m'aide à m'allonger sur un banc matelassé et entreprend de dégrafer ma chemise. Elle est soulagée de constater que, hormis les contusions et les éraflures, mon corps ne porte ni trace d'arme blanche ni celle d'un coup de feu. Après m'avoir prodigué les premiers soins, elle s'empare du téléphone pour appeler la police – Yasser en manque de choper un infarctus. Je dis à Kim qu'il n'en est pas question et que je n'ai pas l'intention de me débiner, surtout après la raclée que l'on vient de m'infliger. Elle proteste, me traite de fou et me supplie de la suivre sans tarder à Jérusalem ; je refuse catégoriquement de quitter Bethléem. Kim se rend compte que je suis totalement aveuglé par la haine et que rien ne me fera renoncer à mon idée fixe.

Le lendemain, le corps en capilotade et traînant la patte, je retourne dans la mosquée. Personne ne vient me jeter dehors. Certains fidèles, ne me voyant pas me lever pour la prière, pensent que je suis un attardé.

Le soir, quelqu'un appelle chez Yasser pour lui dire que l'on passait me prendre dans une demi-heure. Kim m'avertit qu'il s'agit sûrement d'un traquenard ; je n'en ai cure. Je suis fatigué de braver le diable et de ne subir que ses ruades ; je veux le voir en entier, quitte à en pâtir le restant de ma vie.

C'est d'abord un gosse qui se présente chez Yasser. Il me demande de le suivre jusqu'à la place où un adolescent prend le relais. Ce dernier me promène longuement à travers un faubourg plongé dans l'obscurité ; je le soupçonne de tourner en rond pour me désorienter. Nous atteignons enfin une boutique dégradée. Un homme nous attend à côté d'un rideau de fer à moitié baissé. Il congédie le garçon et m'invite à le suivre à l'intérieur de la bâtisse. Au bout d'un corridor jonché de caissons vides et de cartons éventrés, un deuxième homme me récupère. Nous traversons une courette pour pénétrer dans un patio chichement éclairé. Dans une pièce nue, on me demande de me déshabiller et d'enfiler un jogging et des espadrilles neufs. L'homme m'explique que ce sont là des mesures de sécurité et que le Shin Beth pourrait m'avoir collé une puce électronique à même de lui fournir mes coordonnées à n'importe quel moment ; par la même occasion, il s'assure que je ne porte pas de micro ou de gadget de ce genre sur moi. Une heure après, une fourgonnette vient me chercher. On me bande les yeux et on me plaque contre le plancher. Une multitude de détours plus loin, j'entends un portail râler puis se rabattre derrière le véhicule. Un chien se met à aboyer, vite rappelé à l'ordre par une voix d'homme. Des bras me relèvent, me retirent le bandeau. Je suis dans une grande cour au bout de laquelle des silhouettes armées m'attendent de pied ferme. Un moment, un frisson épineux me griffe dans le dos ; j'ai soudain peur et me sens fait comme un rat.

Le conducteur de la fourgonnette m'attrape par le coude et me pousse vers une maison sur la droite. Il ne m'accompagne pas plus loin. Un grand gaillard aux allures d'hercule forain m'invite à entrer dans un salon recouvert de tapis de laine où un jeune homme en kamis noir brodé sur les manches et sur le col m'ouvre grand ses bras.

— Frère Amine, c'est un privilège de te recevoir dans ma modeste demeure, dit-il avec un léger accent libanais.

Son visage ne me dit rien. Je ne pense pas l'avoir rencontré ou aperçu auparavant. Il est beau, les yeux clairs et les traits fins que fausse une moustache trop fournie pour être vraie ; il ne doit pas avoir plus de trente ans.

Il s'approche de moi et me serre contre lui en me tapant sur le dos à la manière des moudjahidin.

— Frère Amine, mon ami, mon destin. Tu ne peux pas savoir combien je suis honoré.

Je juge inutile de lui rappeler la raclée que ses sbires m'ont filée la veille.

— Viens, me dit-il en s'emparant de ma main, prends place sur ce banc et assieds-toi près de moi.

Je dévisage le colosse en faction devant la porte. D'un imperceptible hochement de la tête, mon hôte le congédie.

— Navré pour hier, m'avoue-t-il, mais reconnaissez que vous l'avez un peu cherché.

— Si c'est le prix à payer pour vous rencontrer, je trouve la note assez salée.

Il rit.

— D'autres avant toi ne s'en sont pas tirés à si bon compte, me confie-t-il avec une pointe d'arrogance. Nous traversons des moments où rien ne doit être laissé au hasard. Le moindre laxisme, et tout peut basculer.

Il retrousse les basques de son kamis et s'assoit en tailleur sur une natte.

— Ton chagrin m'émeut au plus profond de mon âme, frère Amine. Dieu m'est témoin, je souffre autant que toi.

— J'en doute. Ce sont des choses qu'on ne partage pas équitablement.

— J'ai perdu les miens, moi aussi.

— Je ne les ai pas soufferts autant que toi.

Il serre les lèvres :

— Je vois…

— Ce n'est pas une visite de courtoisie, lui dis-je.

— Je sais… Que puis-je pour toi ?

— Mon épouse est morte. Mais avant d'aller se faire exploser au milieu d'une bande d'écoliers, elle était venue dans cette ville rencontrer son gourou. Je suis très en colère qu'elle ait préféré des intégristes à moi, ajouté-je, incapable de contenir la rage en train de me gagner telle une marée obscure. Et, doublement, en m'apercevant que je n'y ai vu que du feu. J'avoue que je suis beaucoup plus en colère de n'avoir rien vu venir que pour le reste. Ma femme islamiste ? Et depuis quand, tiens ? Ça ne me rentre toujours pas là-dedans. C'était une femme de son temps. Elle aimait voyager et nager, siroter sa citronnade sur la terrasse des crémeries, et était trop fière de ses cheveux pour les cacher sous un foulard… Que lui avez-vous raconté pour faire d'elle un monstre, une terroriste, une intégriste suicidaire, elle qui ne supportait pas d'entendre gémir un chiot ?

Il est désappointé. Son opération de charme, qu'il a dû peaufiner des heures durant avant de m'accueillir, semble prendre l'eau. Il ne s'attendait pas à ma réaction et espérait, à travers la mise en scène rocambolesque qui a entouré mon approche puis mon « rapt » consentant, m'avoir assez impressionné pour me mettre en position de faiblesse. Moi-même je ne comprends pas d'où me vient cette insolence agressive qui fait trembler mes mains sans lézarder ma voix, battre mon cœur sans que fléchissent mes genoux. Pris en tenaille entre la précarité de ma situation et la rage que le zèle altier de mon hôte et son déguisement de mauvais goût suscitent en moi, j'opte pour la témérité. J'ai besoin de montrer clairement à ce chefaillon d'opérette que je ne le crains pas, de lui renvoyer à la figure la répugnance et le fiel que les énergumènes de son espèce sécrètent en moi.

Longuement, le commandeur se triture les doigts, ne sachant par où commencer.

— Je n'apprécie pas la brutalité de tes reproches, frère Amine, finit-il par dire dans un soupir. Mais je mets ça sur le compte de ton chagrin.

— Vous pouvez la mettre où ça vous chante.

Son visage s'embrase.

— Je t'en supplie, pas de grossièreté. Je ne le supporte pas. Surtout pas dans la bouche d'un éminent chirurgien. J'ai accepté de te recevoir pour une simple raison : t'expliquer une fois pour toutes que ça ne sert à rien de te donner en spectacle dans notre ville. Ici, il n'y a rien pour toi. Tu voulais rencontrer un responsable de notre mouvement. C'est fait. Maintenant, tu vas rentrer à Tel-Aviv et tirer une croix sur cette entrevue. Autre chose : personnellement, je n'ai pas connu ta femme. Elle n'agissait pas sous notre bannière, mais nous avons apprécié son geste.

Il lève sur moi des yeux incandescents.

— Une dernière remarque, docteur. À force de vouloir ressembler à tes frères d'adoption, tu perds le discernement des tiens. Un islamiste est un militant politique. Il n'a qu'une seule ambition : instaurer un État théocratique dans son pays et jouir pleinement de sa souveraineté et de son indépendance... Un intégriste est un djihadiste jusqu'au-boutiste. Il ne croit pas à la souveraineté des États musulmans ni à leur autonomie. Pour lui, ce sont des États vassaux qui seront appelés à se dissoudre au profit d'un seul califat. Car l'intégriste rêve d'une ouma une et indivisible qui s'étendrait de l'Indonésie au Maroc pour, à défaut de convertir l'Occident à l'islam, l'assujettir ou le détruire... Nous ne sommes ni des islamistes ni des intégristes, docteur Jaafari. Nous ne sommes que les enfants d'un peuple spolié et bafoué qui se battent avec les moyens du bord pour recouvrer leur patrie et leur dignité, ni plus ni moins.

Il me considère un instant pour voir si j'ai assimilé ; ensuite, replongeant dans la contemplation de ses ongles d'une propreté immaculée, il poursuit :

— Je n'ai pas connu ton épouse, et je le regrette. Ta

femme aurait mérité qu'on lui baise les pieds. Ce qu'elle nous a offert, par son sacrifice, nous réconforte et nous instruit. Je comprends que tu te sentes floué. C'est parce que tu n'as pas encore réalisé la portée de son acte. Pour le moment, c'est ton orgueil d'époux qui rechigne. Un jour, il finira par afficher profil bas et là, tu verras plus clair et plus loin. Si ton épouse ne t'a rien dit au sujet de son combat, ça ne signifie pas qu'elle t'a trahi. Elle n'avait rien à te dire. N'avait de comptes à rendre à personne. Puisqu'elle s'en remettait à Dieu… Je ne te demande pas de lui pardonner – qu'est-ce que le pardon d'un mari quand on a reçu la grâce du Seigneur ? Je te demande de tourner la page. Le feuilleton continue.

— Je veux savoir pourquoi, dis-je bêtement.

— Pourquoi quoi ? C'est son histoire à elle ; une histoire qui ne te concerne pas.

— J'étais son époux.

— Elle ne l'ignorait pas. Si elle n'a rien voulu te confier, c'est qu'elle avait ses raisons. De cette façon, elle te disqualifiait.

— Foutaises ! Elle avait des obligations vis-à-vis de moi. On ne fausse pas compagnie comme ça à son mari. En tous les cas, pas à moi. Je n'ai jamais fauté vis-à-vis d'elle. Et c'est ma vie qu'elle vient de foutre en l'air. Pas seulement la sienne. Ma vie et celle de dix-sept personnes qu'elle ne connaissait ni d'Ève ni d'Adam. Et tu me demandes pourquoi je veux savoir ? Eh bien, je veux *tout* savoir, toute la vérité.

— Laquelle ? La tienne ou la sienne ? Celle d'une femme qui a réalisé où était son devoir ou bien celle d'un homme qui croit qu'il suffit de tourner le dos à un drame pour s'en laver les mains ? Quelle vérité tu veux connaître, *docteur Amine Jaafari* ? Celle de l'Arabe qui pense qu'avec un passeport israélien il est sorti de l'auberge ? Celle du bougnoule de service par excellence que l'on honore à tout bout de champ et que l'on convie à des réceptions huppées pour montrer aux gens combien on est tolérant et attentionné ? Celle de quelqu'un qui, en tournant sa veste, croit retourner sa peau et réussir la plus parfaite des mues ? C'est cette vérité que tu cherches ou est-ce celle-là même que tu fuis ?… Non, mais sur quelle planète vis-tu, *monsieur* ? Nous sommes dans un monde qui s'entre-déchire tous les jours que Dieu fait. On passe nos soirées à ramasser nos morts et nos matinées à les enterrer. Notre patrie est violée à tort et à travers, nos enfants ne se souviennent plus de ce qu'école veut dire, nos filles ne rêvent plus depuis que leurs princes charmants leur préfèrent l'*Intifida*, nos villes croulent sous les engins chenillés et nos saints patrons ne savent où donner de la tête ; et toi, simplement parce que tu es bien au chaud dans ta cage dorée, tu refuses de voir notre enfer. C'est ton droit, après tout. Chacun mène sa barque comme il l'entend. Mais de grâce, ne viens pas demander après ceux qui, écœurés par ton impassibilité et ton égoïsme, n'hésitent pas à donner leur vie pour t'éveiller à toi-même… Ta femme est morte pour *ta* rédemption, monsieur Jaafari.

— Tu parles d'une rédemption ! le tutoie-je à mon tour. C'est toi qui en as besoin… Tu oses me parler d'égoïsme, à moi dont on a ravi l'être que je chéris le plus au monde ?… Tu oses me soûler avec tes histoires de bravoure et de dignité lorsque tu restes dans ton coin en envoyant des femmes et des gamins au charbon ? Détrompe-toi : nous vivons bien sur la même planète, *mon frère*, sauf que nous ne logeons pas à la même enseigne. Tu as choisi de tuer, j'ai choisi de sauver. Ce qui est l'ennemi pour toi, pour moi est un patient. Je ne suis ni égoïste ni indifférent et j'ai autant d'amour-propre que n'importe qui. Je veux seulement vivre ma part d'existence sans être obligé de puiser dans celle des autres. Je ne crois pas aux prophéties qui privilégient le supplice au détriment du bon sens. Je suis venu au monde nu, je le quitterai nu ; ce que je possède ne m'appartient pas. Pas plus que la vie des autres. Tout le malheur des hommes vient de ce malentendu : ce que Dieu te prête, tu dois savoir le rendre. Aucune chose, sur terre, ne t'appartient vraiment. Ni la patrie dont tu parles ni la tombe qui te fera poussière parmi la poussière.

Mon doigt n'a pas arrêté de l'estoquer. Le chef de guerre ne bronche pas. Il m'écoute jusqu'au bout, les yeux sur ses ongles, sans daigner essuyer les éclaboussures de ma salive sur sa figure.

Après un long silence, qui m'a paru interminable, il remue légèrement un sourcil, respire un bon coup et lève enfin les yeux sur moi.

— Je suis abasourdi par ce que je viens d'entendre, Amine, et ça me fend et le cœur et l'âme. Quelle que soit ta peine, tu n'as pas le droit de blasphémer de la sorte. Tu me parles de ton épouse, et tu ne m'entends pas te parler de ta patrie. Si tu refuses d'en avoir une, n'oblige pas les autres à renoncer à la leur. Ceux qui la réclament à cor et à cri proposent leur vie tous les jours et toutes les nuits. Pour eux, pas question de crevoter dans le mépris des autres et de soi-même. C'est ou la décence ou la mort, ou la liberté ou la tombe, ou la dignité ou le charnier. Et aucun chagrin, aucun deuil ne les empêchera de se battre pour ce qu'ils considèrent, à juste titre d'ailleurs, comme l'essence de l'existence : l'honneur. « *Le bonheur n'est pas la récompense de la vertu. Il est la vertu elle-même.* »

Il tape dans ses mains. La porte s'écarte sur le colosse. L'entretien est clos.

Avant de me congédier, il ajoute :

— J'ai beaucoup de chagrin pour toi, docteur Amine Jaafari. Il est clair, nous n'empruntons pas le même chemin. Nous passerions des mois et des années à essayer de nous entendre qu'aucun de nous deux ne voudrait écouter l'autre. Inutile donc d'en rajouter. Rentre chez toi. Nous n'avons plus rien à nous dire.

12

Kim avait raison ; j'aurais dû remettre la lettre à Naveed ; il en aurait fait meilleur usage que moi. Elle n'avait pas tort, non plus, quand elle me mettait en garde contre moi-même, car, de toutes les invraisemblances, j'étais la moins facile à admettre. Il m'en a fallu du temps pour me rendre à l'évidence. C'est une chance inouïe que je m'en sois sorti entier – certes bredouille, pas forcément indemne, mais sur pied. L'échec de cette aventure me poursuivra longtemps, aussi tenace qu'un cas de conscience, aussi scélérat qu'une farce. Ça m'a avancé à quoi, finalement ? Je n'ai fait que tourner autour d'une illusion, semblable à une phalène autour d'un lumignon, plus obsédée par les tentations de sa curiosité que fascinée par la lumière mortelle du cierge. La trappe que je m'escrimais à soulever ne m'a délivré aucun de ses secrets ; elle m'a juste envoyé à la figure son remugle et ses toiles d'araignées.

Je n'éprouve plus le besoin d'aller plus loin.

Maintenant que j'ai vu de mes propres yeux à quoi ressemblent un chef de guerre et un faiseur de kamikazes, l'emprise de mes démons s'est ramollie. J'ai décidé d'arrêter mon cirque : je rentre à Tel-Aviv.

Kim est soulagée. Elle conduit en silence, les mains agrippées au volant comme pour s'assurer qu'elle n'hallucinait pas, qu'elle me ramenait bel et bien à la maison. Depuis le matin, elle évite de placer un mot de peur de gaffer, de me voir changer brusquement d'avis. Elle s'est levée avant les aurores, a tout emballé sans bruit pour ne me réveiller qu'une fois le ménage accompli et la voiture fin prête, la plupart de nos affaires dans le coffre.

Nous quittons les quartiers juifs, les tempes dans des œillères. Pas question de regarder à droite ou à gauche, ou de s'attarder sur quoi que ce soit ; une simple mégarde pourrait tout fausser. Kim n'a d'yeux que pour la chaussée qui file devant elle, droit sur la porte de sortie. Délivré des affres de la nuit, le jour s'annonce radieux. Un ciel immaculé s'étire paresseusement, encore chargé d'un sommeil de juste. La ville semble avoir du mal à s'extirper du lit. Quelques lève-tôt émergent des pénombres, furtifs, les yeux bouffis de rêves avortés ; ils rasent les murs pareils à des ombres chinoises. De rares bruits fusent çà et là, trahissant un rideau de fer que l'on soulève, une voiture qui démarre. Un autocar se gargarise grossièrement en regagnant sa gare. À Jérusalem, on est très prudent, le matin ; par superstition : ce sont généralement les premiers faits et gestes de l'aube qui façonnent le reste de la journée.

Kim profite de la fluidité de la circulation pour rouler vite, très vite. Elle ne se rend pas compte de sa nervosité. On dirait qu'elle cherche à prendre de vitesse mes sautes d'humeur, qu'elle a peur que je change d'avis et que je décide de retourner à Bethléem.

Elle ne redresse le dos que lorsque les derniers faubourgs de la ville disparaissent dans le rétroviseur.

— Il n'y a pas le feu, lui fais-je.

Elle retire son pied de la pédale de l'accélérateur comme si, soudain, elle venait de s'apercevoir qu'elle marchait sur la queue d'un serpent. En réalité, c'est surtout le délabrement de ma voix qui la chiffonne. Je me sens si las, si misérable. Qu'étais-je allé chercher à Bethléem ? Un bout de mensonge pour lifter ce qu'il reste de mon image ? Un soupçon de dignité à l'heure où rien ne me réussit ? Exhiber ma colère sur la place publique pour que l'on sache combien je vomis ces fumiers qui ont crevé mon rêve comme un abcès ?… Admettons que l'on n'ait d'yeux que pour ma peine et mon dégoût, que les gens s'écartent sur mon passage, que les nuques ploient sous mon regard… et puis après ? Ça va changer quoi ? Quelle plaie cautériser, quelle fracture rebouter ?… Au fond de moi, je ne suis même pas sûr de vouloir remonter jusqu'à la racine de mon malheur. Certes, je n'ai pas peur d'en découdre, mais comment croiser le fer avec des fantômes. Ça crève les yeux que je ne fais pas le poids. Je ne connais rien aux gourous ni à leurs sbires. Toute ma vie, j'ai tourné opiniâtrement le dos aux diatribes des uns et aux agissements des autres, cramponné à mes ambitions tel un jockey à sa monture. J'ai renoncé à ma tribu, accepté de me séparer de ma mère, consenti concession sur concession pour ne me consacrer qu'à ma carrière de chirurgien ; je n'avais pas le temps de m'intéresser aux traumatismes qui sapent les appels à la réconciliation de deux peuples élus qui ont choisi de faire de la terre bénie de Dieu un champ d'horreur et de colère. Je ne me souviens pas d'avoir applaudi le combat des uns ou condamné celui des autres, leur trouvant à tous une attitude déraisonnable et navrante. Jamais je ne me suis senti impliqué, de quelque manière que ce soit, dans le conflit sanglant qui ne fait, en vérité, qu'opposer à huis clos les souffre-douleur aux boucs émissaires d'une Histoire scélérate toujours prête à récidiver. J'ai connu tant d'hostilités méprisables que le seul moyen de ne pas ressembler à ceux qui étaient derrière est de ne pas les pratiquer à mon tour. Entre tendre l'autre joue et rendre les coups, j'ai choisi de soulager les patients. J'exerce le plus noble métier des hommes et pour rien au monde je ne voudrais compromettre la fierté qu'il m'insuffle. Ma présence à Bethléem n'aura été qu'une fuite en avant ; ma pseudo-vaillance, qu'une diversion. Qui suis-je pour prétendre triompher là où les services compétents se cassent les dents tous les jours ? J'ai en face de moi une organisation parfaitement huilée, rodée à travers des années de cabales et de faits d'armes et qui mène la dragée haute aux plus fins limiers des polices secrètes. Je n'ai à lui opposer que mes frustrations d'époux floué, une fureur dopée sans réelle portée. Et dans ce duel, il n'y pas de place pour les états d'âme, encore moins pour l'attendrissement ; seuls les canons, les ceintures explosives et les coups fourrés ont voix au chapitre, et malheur aux ventriloques dont les marionnettes se grippent – un duel sans pitié et sans règles où les hésitations sont fatales et les erreurs irréparables, où la fin génère ses propres moyens, où le salut est hors course, largement supplanté par le vertige des revanches et des morts spectaculaires. Or, j'ai toujours éprouvé une sainte horreur pour les chars et les bombes, ne voyant en eux que la forme la plus aboutie de ce que l'espèce humaine a de pire en elle. Je n'ai rien à voir avec le monde que j'ai profané à Bethléem ; je ne connais pas ses rituels, ignore ses exigences et ne me crois pas en mesure de me familiariser avec. Je hais les guerres et les révolutions, et ces histoires de violences rédemptrices qui tournent sur elles-mêmes telles des vis sans fin, charriant des générations entières à travers les mêmes absurdités meurtrières sans que ça fasse *tilt !* dans leur tête. Je suis chirurgien ; je trouve qu'il y a suffisamment de douleur dans nos chairs pour que des gens sains de corps et d'esprit en réclament d'autres à tout bout de champ.

— Tu me déposes chez moi, dis-je à Kim lorsque les buildings de Tel-Aviv se mettent à miroiter dans les réverbérations du lointain.

— Tu as des trucs à prendre à la maison ?

— Non, je veux rentrer chez moi.

Elle fronce les sourcils.

— C'est trop tôt.

— C'est ma maison, Kim. Tôt ou tard, il faudra bien que j'y retourne.

Kim se rend compte de sa bourde. D'une main agacée, elle chasse une mèche sur ses yeux.

— Ce n'est pas ce que je voulais dire, Amine

— C'est pas méchant.

Elle roule quelques centaines de mètres en se mordillant les lèvres.

— C'est encore ce maudit *signe que tu n'as pas su saisir*, n'est-ce pas ?

Je ne lui réponds pas.

Un tracteur tressaute sur le flanc d'une colline. Le garçon qui le conduit doit s'agripper au volant pour ne pas être désarçonné. Deux chiens roux l'escortent de part et d'autre de l'engin, l'un le museau à ras le sol, l'autre distrait. Une maisonnette surgit derrière une haie, petite et vermoulue, avant qu'un bouquet d'arbres l'escamote avec la dextérité d'un prestidigitateur. De nouveau, les champs reprennent leur cavalcade éperdue à travers la plaine ; la saison s'annonce excellente.

Kim attend de doubler un convoi militaire avant de revenir à la charge :

— Tu ne te sentais pas bien chez moi ?

Je me retourne vers elle ; elle préfère regarder droit devant.

— Je ne serais pas resté une seconde de plus, Kim, et tu le sais bien. J'apprécie ta présence à mes côtés. Sauf que j'ai besoin de prendre un certain recul pour faire l'inventaire de ces derniers jours à tête reposée.

Kim a surtout peur que je me fasse du mal, que je ne supporte pas un tête-à-tête avec moi-même, que je finisse par céder au siège de mon tourment. Elle me croit à deux doigts de la dépression, à portée du geste définitif. Elle n'a pas besoin de me l'avouer ; tout en elle trahit ses profondes inquiétudes : ses doigts qui tambourinent sur n'importe quoi, ses lèvres qui ne savent quoi faire de leurs grimaces, ses yeux qui se débinent dès que les miens insistent, sa gorge qu'elle doit racler chaque fois qu'elle a quelque chose à me dire… Je me demande comment elle fait pour ne pas perdre le fil et continuer de me suivre à la trace avec une vigilance aussi soutenue.

— C'est d'accord, concède-t-elle. Je te dépose chez toi et je passe te prendre le soir. Nous dînerons chez moi.

Sa voix est mal à l'aise.

J'attends patiemment qu'elle se retourne vers moi pour lui dire :

— J'ai besoin de rester seul quelque temps.

Elle feint de méditer puis, la bouche tordue, elle s'enquiert :

— Jusqu'à quand ?

— Jusqu'à ce que ça se tasse.

— Ça risque de durer longtemps.

— Je ne suis pas touché à ce point, je te rassure. J'ai seulement besoin de faire le vide en moi.

— Très bien, fait-elle avec une pointe de colère mal dissimulée.

Après un long silence

— Je peux au moins passer te voir ?

— Je t'appellerai dès que possible.

Sa susceptibilité accuse le coup.

— Ne le prends pas mal, Kim. Ce n'est pas toi qui es en cause. Je sais, c'est compliqué à justifier, mais tu comprends parfaitement ce que j'essaie de te dire.

— Je ne veux pas que tu t'isoles, c'est tout. Je trouve que tu n'es pas encore en mesure de te ressaisir seul. Et je ne tiens pas à m'en mordre le peu de doigts qui me reste.

— Je m'en voudrais.

— Pourquoi ne pas laisser le professeur Menach t'examiner ? C'est un éminent psy et un grand ami à toi.

— J'irai le voir, c'est promis, mais pas dans mon état actuel. J'ai besoin de me reconstruire moi-même avant. Ça me mettrait dans une meilleure condition pour écouter.

Elle me dépose chez moi, n'ose pas m'accompagner à l'intérieur de la maison. Avant de refermer la grille derrière moi, je lui souris. Elle me décoche un clin d'œil triste.

— Tâche de ne pas laisser *ton* signe te gâcher l'existence, Amine. À la longue, ça use, et après, tu ne pourras plus te reprendre en main sans t'effriter entre les doigts comme une momie pourrie.

Sans attendre ma réaction, elle démarre.

Quand le bruit de la Nissan disparaît et que je me retrouve face à ma maison et son silence, je réalise l'ampleur de ma solitude ; Kim me manque déjà… Je suis de nouveau seul… *Je n'aime pas te laisser seul*, m'avait dit Sihem la veille de son départ pour Kafr

Kanna. Et d'un seul coup, tout me revient. Au moment où je m'y attends le moins. Sihem m'avait préparé un festin de roi, ce soir-là ; rien que les mets dont je raffole. Nous avions dîné aux chandelles, en tête à tête dans le salon. Elle ne mangeait pas, se contentait de picorer délicatement dans son assiette. Elle était si belle et si lointaine à la fois. « Pourquoi es-tu triste, mon amour ? » lui avais-je demandé. « Je n'aime pas te laisser seul, mon chéri », m'avait-elle répondu. « Trois jours, ce n'est pas bien long », lui avais-je dit. « Pour moi, c'est une éternité », m'avait-elle avoué. C'était ça, son message ; *le signe que je n'ai su saisir*. Mais comment soupçonner l'abîme derrière l'éclat de ses yeux, comment deviner l'adieu derrière tant de générosité puisque cette nuit-là elle s'était donnée à moi comme jamais auparavant ?

Je mets une autre éternité à trembler sur le pas de ma porte avant de le franchir.

La femme de ménage n'est toujours pas passée. J'essaie de la joindre au téléphone et tombe régulièrement sur son répondeur. Je décide de prendre les choses en main. La maison est dans l'état où les hommes du capitaine Moshé l'ont laissée ; chambres sens dessus dessous, tiroirs par terre, leur contenu éparpillé, armoires évidées, étagères renversées, meubles déplacés, parfois retournés. Entre-temps, la poussière et les feuilles mortes ont envahi les lieux grâce aux vitres brisées et aux fenêtres que j'avais omis de fermer. Le jardin est en disgrâce ; il est jonché de canettes, de journaux et de toutes sortes d'objets que mes lyncheurs de l'autre jour ont laissés derrière eux pour compenser leur coup raté. J'appelle un vitrier de ma connaissance ; il dit qu'il a du boulot en instance et promet de passer avant la tombée de la nuit. De mon côté, je commence par remettre de l'ordre dans les pièces ; je ramasse ce qui traînait par terre, relève ce qui était renversé, remets les étagères et les tiroirs à leur place, sépare les choses détériorées de celles qui ne l'étaient pas. Quand le vitrier arrive, je finis de donner les derniers coups de balai. Il m'aide à sortir les sacs-poubelles, va examiner les fenêtres pendant que je me retire dans la cuisine pour fumer et boire un café, puis revient avec un bloc-notes où il a relevé les différentes interventions qui l'attendent.

— Ouragan ou vandalisme ? me demande-t-il.

Je lui propose une tasse de café qu'il accepte volontiers. C'est un gros rouquin avec un visage criblé de taches de son qu'une grande bouche dévore à moitié, des épaules rondes et flasques et des pattes courtes qui tombent vite dans des godasses militaires tailladées. Je le connais depuis des années ; j'ai opéré son père à deux reprises.

— Y a du boulot, m'informe-t-il. Vingt-trois carreaux à remplacer. Tu devrais aussi solliciter un menuisier ; tu as deux fenêtres bousillées et des volets à réparer.

— Tu en connais un bon ?

Il réfléchit en plissant un œil.

— Y en a un qui n'est pas mauvais, mais j'sais pas s'il sera disponible dans l'immédiat. Je commence demain. J'ai beaucoup bossé aujourd'hui et j'suis crevé. J'suis juste passé pour le devis. Ça te va ?

Je consulte ma montre.

— C'est d'accord, pour demain.

Le vitrier avale d'un trait son café, remet son bloc-notes dans un cartable aux sangles avachies et s'en va. Je redoutais qu'il remette sur le tapis l'attentat puisque, de toute évidence, il savait qui était derrière ; il n'en fut rien. Il a noté ce qu'il avait à faire et c'est tout. Je l'ai trouvé admirable.

Après son départ, je prends une douche et descends en ville. Un taxi me dépose d'abord dans le garage où j'avais rangé ma voiture avant mon départ pour Jérusalem, ensuite, bien casé derrière mon volant, je file sur le front de mer. La circulation fiévreuse m'oblige à me rabattre sur un parking en face de la Méditerranée. Des couples et des familles se promènent tranquillement le long des esplanades. Je dîne dans un petit restaurant discret, avale quelques bières dans un bar à l'autre bout de la rue, puis je vais traîner sur la plage jusqu'à une heure avancée de la nuit. Le bruit des vagues m'insuffle une sorte de plénitude. Je rentre chez moi un peu éméché, mais l'esprit débarrassé de pas mal de scories.

Je m'assoupis dans le fauteuil, habillé, chaussures aux pieds ; le sommeil m'a happé entre deux bouffées de cigarette. C'est le claquement d'une fenêtre qui me réveille en sursaut. Je m'aperçois que je nage dans mes transpirations. Je crois avoir fait un mauvais rêve, mais impossible de me rappeler quoi au juste. Je me lève en titubant. Mon cœur se serre ; des frissons me griffent dans le dos. *Qui est là ?*, m'entends-je crier. J'allume dans le vestibule, dans la cuisine, dans les chambres, à l'affût d'un bruit suspect… *Qui est là ?* Une porte-fenêtre est ouverte au premier, le rideau gonflé de vent. Il n'y a personne sur le balcon. Je ferme les volets et retourne dans le salon. Mais la présence demeure, vague et proche à la fois. Mes frissons s'accentuent. C'est sans doute Sihem, ou bien son fantôme, ou bien les deux qui reviennent… Sihem… L'espace se remplit progressivement d'elle. Au bout de quelques palpitations, la maison en est pleine comme un œuf, ne me laissant qu'une minuscule poche d'air pour ne pas suffoquer. Tout redevient la maîtresse de céans ; les lustres, les commodes, les tringles, les consoles, les couleurs… Les tableaux, c'était elle qui les avait choisis, encore elle qui les avait accrochés aux murs. Je la revois reculer de quelques pas, un doigt contre le menton, pencher la tête à droite et à gauche pour être sûre que le cadre se tenait droit. Sihem avait un sens aigu du détail. Elle ne laissait rien au hasard et pouvait rester des heures à interroger l'emplacement d'une toile ou le pli d'un rideau. Du séjour à la cuisine, de pièce en pièce, j'ai le sentiment de la suivre à la trace. Des scènes quasi réelles se substituent aux souvenirs. Sur le canapé en cuir, Sihem se délasse. Là, elle applique de délicates couches de rose à ses ongles. Chaque recoin garde un bout de son ombre, chaque miroir reflète une éclaboussure de son image, chaque friselis la raconte. Je n'ai qu'à tendre la main pour cueillir un rire, un soupir, une volute de son parfum… *Je voudrais que tu me donnes une fille*, lui disais-je aux premières saisons de nos amours… *Blonde ou brune ?* me faisait-elle en rougissant… *Je la veux saine et belle. La couleur de ses yeux, celle de ses cheveux m'importent peu. Je veux qu'elle ait l'essentiel de ton regard et tes fossettes pour qu'en souriant elle devienne ton portrait craché…* J'arrive dans le salon du premier, drapé de velours grenat, avec des rideaux laiteux aux fenêtres et deux fauteuils imposants au milieu d'un beau tapis persan que veille une table de verre et de chrome. Une grande bibliothèque en merisier investit toute une aile, d'un bout à l'autre, chargée de livres rangés avec soin et de bibelots ramenés de pays lointains. Cette pièce était notre tour d'ivoire, à Sihem et à moi. Personne d'autre n'y était convié. C'était notre coin intime, notre retraite dorée. Nous y venions parfois communier avec nos silences et recycler nos sens émoussés par les bruits de tous les jours. Nous prenions un livre ou mettions une musique, et nous voilà partis. Nous lisions aussi bien Kafka que Khalil Gibran et écoutions avec la même gratitude Oum Kalsoum ou Pavarotti... D'un coup, mon corps se hérisse de la tête aux pieds. Je sens son souffle dans le creux de ma nuque, dense, chaud, haletant, certain qu'il me suffirait de me retourner pour tomber nez à nez avec elle, la surprendre debout dans le ballet tumultueux de ses ondes, resplendissante, les yeux immenses, plus belle que dans mes rêves les plus fous...

Je ne me retourne pas.

Je quitte le salon à reculons jusqu'à ce que son souffle se perde dans le courant d'air, retourne dans ma chambre allumer tous les abat-jour et toutes les lumières pour conjurer les pénombres, me déshabille, fume une dernière cigarette, avale deux tranquillisants et glisse dans mon lit.

Sans éteindre.

Le lendemain, je me surprends dans le salon d'en haut, la figure contre la vitre, à guetter le lever du jour. Comment suis-je revenu sur ce lieu hanté ? De mon plein gré ou bien en somnambule ? Aucune idée.

Le ciel de Tel-Aviv se surpasse ; pas un bout de nuage en vue. La lune est réduite à une rognure. Les dernières étoiles de la nuit s'effacent doucement dans l'opalescence du levant. De l'autre côté de la grille, le voisin d'en face astique le pare-brise de sa voiture. Il est toujours le premier debout dans le quartier. Gérant l'un des restaurants les plus chics de la ville, il tient à être dans les halles avant ses concurrents. Il nous arrivait quelquefois d'échanger des salamalecs dans le noir, lui se préparant à se rendre au marché et moi rentrant de l'hôpital. Depuis l'attentat, il fait comme si je n'avais jamais existé.

Le vitrier arrive vers 9 heures, dans une fourgonnette décolorée. Assisté par deux garçons boutonneux, il décharge son matériel et ses plaques de verre avec une précaution d'artificier. Il m'annonce que le menuisier n'allait pas tarder à rappliquer. Ce dernier débarque quelques instants plus tard, à bord d'une camionnette bâchée. C'est un grand bonhomme desséché, au visage raviné et au regard grave. Engoncé dans une salopette usée jusqu'à la trame, il demande à voir les fenêtres abîmées. Le vitrier se charge de les lui montrer. Je reste au rez-de-chaussée, assis dans un fauteuil, à boire du café et à fumer. Un moment, j'ai pensé aller me dégourdir les jambes et l'esprit dans un petit parc non loin de chez moi. Il fait beau et le soleil couvre d'or les arbres alentour – le risque qu'une mauvaise rencontre gâche ma journée m'en dissuade.

Naveed Ronnen me téléphone vers les coups de 11 heures. Entre-temps, le menuisier a emporté dans sa camionnette les fenêtres qu'il doit réparer dans son atelier. Quant au vitrier et ses deux assistants, ils sont montés au premier et font ceux qui ne sont pas là.

— Qu'est-ce qu'on devient, vieux frère ? me lance Naveed, content de m'avoir au bout du fil. Amnésique ou seulement distrait ? Tu t'en vas, tu reviens, tu disparais puis réapparais, et pas une fois tu ne songes à appeler ton cher copain pour lui laisser tes coordonnées.

— Lesquelles ? Tu reconnais toi-même que je ne tiens pas en place.

Il rit.

— Ce n'est pas un empêchement. Moi aussi, j'ai la bougeotte, mais ma femme sait exactement où me joindre quand elle veut me marquer un point. Ça s'est bien passé à Jérusalem ?

— Comment tu sais que j'étais à Jérusalem ?

— Je suis flic… (après un petit rire). J'avais appelé chez Kim et c'est Benjamin qui avait décroché. C'est lui qui m'a dit où vous étiez.

— Qui t'a dit que j'étais de retour ?

— J'ai appelé Benjamin et c'est Kim qui a décroché… Ça te va, comme ça ?… Bon, je t'appelle parce que Margaret serait ravie que tu viennes dîner à la maison. Ça fait un bail qu'elle t'a vu.

— Pas ce soir, Naveed. J'ai des travaux à exécuter à la maison. D'ailleurs, une équipe de vitriers est chez moi, et un menuisier est passé ce matin.

— Alors, demain.

— Je ne sais pas si j'en aurai fini d'ici là.

Naveed se racle la gorge, réfléchit puis me propose :

— S'il y a beaucoup de boulot, chez toi, je peux t'envoyer de l'aide.

— Il s'agit juste de petites réparations. Il y a déjà assez de monde, ici.

Naveed se racle encore la gorge. C'est un tic qui se déclenche chez lui chaque fois qu'il est embarrassé.

— Ils ne vont pas y passer la nuit, quand même ?

— Non, mais c'est tout comme. Merci d'avoir appelé, et mes amitiés à Margaret.

Vers midi, Kim ne se manifestant d'aucune manière, je comprends que c'est elle qui a dû passer par Naveed pour voir si j'étais toujours de ce monde.

Le menuisier me rapporte mes fenêtres, les installe seul, vérifie leur bon fonctionnement en ma présence. Il me fait signer une facture, empoche l'argent et se retire, le mégot éteint au coin de la bouche. Le vitrier et ses apprentis sont partis depuis longtemps. Je retrouve ma maison, son apaisement de convalescente et les mystères de ses pénombres ; remonte dans le salon d'en haut narguer mes fantômes. Rien ne remue aux encoignures. Je m'enfonce dans un fauteuil, face à la fenêtre retapée de frais, et je regarde la nuit tomber comme un couperet sur la ville, ensanglantant l'horizon.

Sihem sourit dans un cadre, au-dessus d'une chaîne stéréo. Elle a un œil plus grand que l'autre, peut-être à cause de son sourire forcé. On sourit toujours au photographe quand il est persuasif – même si le cœur n'y est pas. C'est une photo ancienne, l'une de ses toutes premières photos d'après le mariage. Je me souviens que c'était pour l'établissement d'un passeport. Sihem ne tenait pas vraiment à ce que nous allions ailleurs consommer notre lune de miel. Elle savait mes moyens limités et préférait investir dans un appartement moins lugubre que celui que nous occupions en banlieue.

Je me lève et vais regarder le portrait de plus près. À ma gauche, sur une étagère chargée de disques, un album photo enrobé de cuir. Je le prends, presque machinalement, retourne dans le fauteuil et me mets à le feuilleter. Je n'ai aucune émotion particulière. C'est comme si je feuilletais un magazine en attendant mon tour dans un cabinet dentaire. Les photos défilent sous mes yeux, captives de l'instant où elles avaient été prises, froides comme le papier glacé sur lequel elles se racontent, dénuées de toute charge affective susceptible de m'attendrir… Sihem sous un parasol, le visage masqué par d'énormes lunettes de soleil, à Charm el-Cheikh ; Sihem sur les Champs-Élysées, à Paris ; nous deux posant à côté d'un garde de Sa Majesté britannique ; avec mon neveu Adel dans le jardin ; à une soirée mondaine ; lors d'une réception à mon honneur ; avec sa grand-mère à la ferme de Kafr Kanna ; son oncle Abbas botté de caoutchouc, la gadoue aux genoux ; Sihem devant la mosquée de son quartier natal à Nazareth… Je continue d'effleurer les souvenirs, sans trop m'attarder dessus. C'est comme si je tournais les pages d'une vie antérieure, d'une affaire classée… Puis une photo m'interpelle. Elle montre mon neveu Adel riant, mains sur les hanches, devant une mosquée à Nazareth. Je reviens en arrière, remonte jusqu'à celle de Sihem posant devant la mosquée de son enfance. C'est une photo récente, de moins d'une année, à cause du sac à main que je lui avais acheté pour son anniversaire, en janvier dernier. Sur la droite, on voit le capot d'une voiture rouge et un gosse accroupi devant un chiot. Je me rabats sur celle d'Adel. La voiture rouge est toujours là, le gosse et le chiot aussi. Il s'agit donc de deux photos prises au même moment, probablement à tour de rôle par les deux figurants. Je mets un certain temps à l'admettre. Sihem se rendait régulièrement à Nazareth quand elle séjournait chez sa grand-mère. Elle adorait sa ville natale. Mais Adel ?… Je ne me rappelle pas l'avoir rencontré là-bas. Ce n'était pas son environnement. Il venait souvent nous voir à Tel-Aviv quand ses affaires le soustrayaient à Bethléem, mais de là à l'imaginer à Nazareth… Mon cœur se contracte. Un vague malaise me gagne. Les deux photos m'effraient. J'essaie de leur trouver une excuse, une raison, une hypothèse ; en vain. Ma femme ne sortait jamais avec un proche sans que je le sache. Elle me disait toujours chez qui elle était, qui elle avait rencontré, qui l'avait appelée au téléphone. C'est vrai qu'elle appréciait Adel pour son humour et sa spontanéité, mais qu'elle le rencontre en dehors de la maison, ailleurs qu'à Tel-Aviv sans qu'elle m'en parle, ce n'était pas dans ses habitudes.

Cette coïncidence me travaille. Me rattrape au restaurant, gâche mon dîner. M'intercepte à la maison. Me

tient en éveil malgré deux somnifères… Adel, Sihem…
Sihem, Adel… L'autocar Tel-Aviv-Nazareth… *Elle a
prétexté une urgence et est descendue du bus pour
remonter dans une voiture qui suivait derrière… Une
Mercedes ancien modèle, couleur crème.* Identique à
celle entrevue dans l'entrepôt désaffecté à Bethléem…
Elle appartient à Adel, m'a confié fièrement Yasser…
Sihem à Bethléem, dernière escale avant l'attentat…
Trop de coïncidences nuisent au hasard.

Je repousse mes draps. Le réveil indique 5 heures du
matin. Je m'habille, rejoins ma voiture et mets le cap
sur Kafr Kanna.

Je ne trouve personne à la ferme. Un voisin m'apprend que grand-mère a été évacuée sur l'hôpital de
Nazareth et que son neveu Abbas était auprès d'elle. À
l'hôpital, on ne me laisse pas voir la patiente transpor-
tée d'urgence au bloc opératoire. Hémorragie céré-
brale, m'informe une infirmière. Abbas est dans la salle
d'attente, à moitié endormi sur un banc. Il ne se lève
même pas en me voyant. C'est sa nature ; aussi dur
à la détente qu'un vieux mousqueton. Célibataire à
cinquante-cinq ans, n'ayant jamais quitté la ferme, il
se méfie des femmes et des citadins qu'il évite comme
la peste et préfère se tuer à la tâche à longueur de journées plutôt que d'avoir à s'attabler le temps d'un repas
avec quelqu'un qui ne sent pas le sillon de labour et la
sueur de son front. C'est un rustre taillé dans un chêne,
les lèvres incisives et la tronche bétonnée. Il porte ses
bottes maculées de boue, sa chemise blanchie aux
aisselles par les transpirations et un pantalon rêche
et horrible qu'on dirait taillé dans une bâche. Il
m'explique succinctement qu'il a trouvé grand-mère
par terre, la bouche ouverte, qu'il est là depuis des
heures et qu'il avait omis de détacher les chiens. L'at-

taque de grand-mère le tarabuste plus qu'elle ne l'émeut.

Nous attendons dans la salle jusqu'à ce qu'un médecin vienne nous annoncer la fin de l'intervention. L'état de grand-mère est stationnaire, mais ses chances de s'en sortir seraient minimes. Abbas demande la permission de rentrer à la ferme.

— Il faut que j'aille donner à manger aux poulets, grogne-t-il sans vraiment s'intéresser au compte rendu du docteur.

Il saute dans sa camionnette rouillée et fonce sur Kafr Kanna. Je le suis à bord de ma voiture. Ce n'est que lorsqu'il s'acquitte des différentes tâches de la ferme, c'est-à-dire en fin de journée, qu'il s'aperçoit que je suis encore là.

Il reconnaît avoir vu à maintes reprises Sihem en compagnie du garçon sur la photo. La première fois, en retournant au salon de coiffure lui remettre le porte-monnaie qu'elle avait oublié sur le siège de la camionnette. C'est là qu'il avait surpris Sihem en train de discuter avec ce garçon. Au début, Abbas n'avait pas pensé à mal. Mais après, les revoyant ensemble en plusieurs endroits, il avait commencé à avoir des soupçons. Ce n'est que lorsque le garçon sur la photo avait osé traîner ses guêtres du côté de la ferme qu'Abbas l'avait menacé de lui fracasser la tête avec une pioche. Sihem avait très mal pris l'incident. Elle n'a plus remis les pieds à Kafr Kanna depuis.

— Ce n'est pas possible, lui dis-je. Sihem a passé les deux Aïds avec sa grand-mère.

— Elle n'est plus revenue depuis que j'ai corrigé le voyou, je te dis.

Puis, prenant mon courage à deux mains, je lui demande qu'elle avait été la nature des relations entre ma femme et le garçon sur la photo. D'abord étonné par la naïveté de ma question, il me toise avec un rictus dépité et maugrée :

— Il te faut un tableau ou quoi ?

— Est-ce que tu as une preuve au moins ?

— Y a des signes qui ne trompent pas. Je n'avais pas besoin de les surprendre dans les bras l'un de l'autre. Leur façon de raser les murs m'a suffi.

— Pourquoi ne m'as-tu rien dit ?

— Parce que tu m'as rien demandé. Et puis, je m'occupe seulement de mes oignons, moi.

À cet instant précis, je l'ai détesté comme jamais je n'ai détesté quelqu'un de ma vie.

Je regagne ma voiture et démarre sans un regard dans le rétroviseur. Le pied à fond sur l'accélérateur, je ne vois même pas où je vais. Que je loupe un virage ou que je m'encastre de plein fouet dans une remorque, aucun danger ne m'interpelle. Je crois que c'est exactement ce que je me souhaite, mais la chaussée est cruellement déserte. *Qui rêve trop oublie de vivre*, disait ma mère à mon père. Mon père ne l'entendait pas. Il ne décelait ni sa détresse d'amante ni sa solitude de compagne. Il y avait comme un diaphragme invisible entre eux deux, aussi mince qu'une lentille, mais qui les tenait aux antipodes l'un de l'autre. Mon père n'avait d'yeux que pour sa toile, la même, qu'il peignait hiver comme été, surchargeait jusqu'à ce qu'elle disparaisse sous les retouches avant de la reproduire telle quelle sur un autre chevalet, toujours la même, au plus infime détail près, certain d'élever sa *Madone menottée* au rang de *La Joconde*, qu'elle lui ouvrirait tout grands les horizons et tapisserait de lauriers les prestigieuses salles où il l'exposerait. C'est parce qu'il en avait plein la vue de cette consécration impossible qu'il ne remarquait rien d'autre autour de lui, ni les frustrations d'une épouse négligée ni la colère d'un patriarche déchu... C'était peut-être ce qu'il m'était arrivé avec Sihem. Elle était ma toile à moi, ma consécration majeure. Je ne voyais que les joies qu'elle me prodiguait et ne soupçonnais aucune de ses peines, aucune de ses faiblesses... Je ne la vivais pas vraiment, non – autrement je l'aurais moins idéalisée, moins isolée. Maintenant que j'y pense, comment aurais-je pu la vivre puisque je n'arrêtais pas de la *rêver* ?

13

Monsieur Jaafari, fait-on à travers une interminable enfilade de galeries souterraines… *Monsieur Jaafari…* La voix caverneuse se dilue dans mes balbutiements, va et vient en un leitmotiv imprenable, tantôt insistante, tantôt effarouchée. Un gouffre m'aspire, me rumine ; je virevolte au ralenti dans les ténèbres. Puis la voix me rattrape, tente de me ramener à la surface… *Monsieur Jaafari…* Une zébrure traverse les opacités, me brûle les yeux tel un fleuret incandescent.

— Monsieur Jaafari…

Je reviens à moi, la tête dans une tenaille.

Un homme est penché sur moi, une main derrière le dos, l'autre suspendue à quelques centimètres de mon front. Sa figure émaciée que prolonge un menton en entonnoir ne me dit rien. J'essaie de me situer. Je suis allongé sur un lit, la gorge aride, le corps désarticulé. Le plafond, au-dessus de moi, menace de m'ensevelir. Je ferme les yeux pour contenir le vertige en train de me ballotter à travers un roulis envoûtant, m'efforce de récupérer mes sens, de retrouver mes marques. Lentement, je reconnais sur le mur d'en face le tableau à deux sous reproduisant les *Tournesols* de Van Gogh, le papier peint fané, la fenêtre triste qui donne sur les toits d'une fabrique…

— Que se passe-t-il ? demandé-je en me hissant sur un coude.

— Je crois que vous êtes souffrant, monsieur Jaafari.

Mon coude se dérobe et je retombe sur l'oreiller.

— Vous êtes dans cette chambre depuis deux jours, et vous ne l'avez pas quittée une seule fois.

— Qui êtes-vous ?

— Le gérant de l'hôtel, monsieur. La femme de ménage…

— Qu'est-ce que vous voulez ?

— Nous assurer que vous allez bien.

— Pourquoi ?

— Vous êtes arrivé chez nous, il y a deux jours. Vous avez pris cette chambre et vous vous y êtes enfermé à double tour. Il arrive à certains de nos clients d'en faire autant, mais…

— Je vais bien.

Le gérant se redresse, obséquieux. Il ne sait pas comment il doit prendre ma réplique, contourne le lit et va ouvrir la fenêtre. Un flot d'air frais se déverse dans la pièce, me fouette. Je respire profondément jusqu'à ce que mon sang batte à mes tempes.

Le gérant lisse la couverture à mes pieds, d'un geste machinal. Il me considère avec attention, toussote dans son poing et dit :

— Nous avons un bon médecin, monsieur Jaafari. Si vous voulez, nous pouvons l'appeler.

— Je suis médecin, fais-je bêtement en m'extirpant du lit.

Mes genoux s'entrechoquent ; je n'arrive pas à tenir debout et me laisse choir sur le bord du lit, les joues dans les paumes. Le gérant est gêné par ma nudité qu'un slip tente de minimiser. Il bredouille quelque chose que je ne saisis pas et quitte la chambre à reculons.

Mes idées se remettent en place, les unes après les autres ; la mémoire me revient d'un bloc. Je me rappelle avoir quitté Kafr Kanna à tombeau ouvert, écopé d'une contravention pour excès de vitesse à hauteur d'Afula et roulé jusqu'à Tel-Aviv dans une sorte d'état second. La nuit m'a surpris au moment où j'ai franchi le seuil de la ville. Je me suis arrêté devant le premier hôtel sur ma route. Il n'était pas question pour moi de rentrer à la maison retrouver les mensonges de toute une vie. Durant le trajet, je n'ai fait que pester après le monde et moi-même, la pédale de l'accélérateur à ras le plancher, vibrant aux crissements féroces des pneus qui retentissaient en moi tels les hurlements apocalyptiques d'une hydre. C'était comme si je m'acharnais à traverser le mur du son, à pulvériser le point de non-retour, à me désintégrer dans l'effritement de mon amour-propre. Plus rien ne me semblait en mesure de me retenir quelque part, de me réconcilier avec les lendemains. Et quels lendemains ? Y a-t-il une vie après le parjure, une résurrection après l'affront ? Je me sentais si peu de chose et tellement ridicule que l'idée de m'attendrir sur mon sort m'aurait achevé sur le coup. Lorsque la voix d'Abbas me rattrapait, je faisais hurler le moteur à le défoncer. Je ne voulais rien entendre, hormis les mugissements des roues dans les virages serrés et le fiel en train de me ronger avec la voracité d'un bain d'acide. Je ne me trouvais pas d'excuse, ne m'en cherchais pas, n'en méritais aucune. Je me livrais en entier au dépit qui me voulait pour lui seul, qui voulait que je l'incarne jusqu'à la racine de mes cheveux, jusqu'au bout de mes ongles.

L'hôtel est miteux. Son enseigne au néon bat de l'aile. J'ai pris une chambre comme on prend son mal en patience. Après une douche brûlante, je suis allé dîner dans un bistro, puis me soûler copieusement dans un bar sordide. J'ai mis des heures à retrouver mon chemin. Une fois dans ma chambre, j'ai sombré dans l'abîme sans crier gare.

Je dois m'appuyer contre le mur pour atteindre la salle de bains. Mes membres ne répondent qu'à moitié. La nausée m'assiège, ma vue s'embrouille, le jeûne me lamine ; j'ai l'impression de me mouvoir dans un nuage. Deux jours à dormir dans cette pièce fétide, sans rêve et sans souvenir ; deux nuits à me faisander dans des draps aux étreintes de suaire... Mon Dieu ! que suis-je en train de devenir ?

La glace me renvoie un faciès tourmenté qu'une barbe naissante défigure davantage. Des cernes oli-vâtres prononcent le blanc de mes yeux, creusant un peu plus mes joues. On dirait un dément au sortir de son délire.

Je me désaltère à même le robinet, longuement, glisse sous la douche et reste immobile sous le jet d'eau le temps que je recouvre un semblant d'équilibre.

Le gérant revient gratter à ma porte pour vérifier si je n'étais pas retombé dans le coma éthylique. Il est soulagé de m'entendre grogner et repart d'un pas feutré. Je me rhabille et, encore patraque, quitte l'hôtel pour aller me restaurer.

Je me suis assoupi sur le banc d'un petit parc enso-leillé, bercé par le bruissement du feuillage.

À mon réveil, le soir était tombé. Je ne sais où me rendre, quoi faire de mes solitudes. J'ai oublié mon portable à la maison, ma montre aussi. J'ai soudain peur d'un tête-à-tête avec moi-même. Je n'ai plus confiance en l'homme qui n'a rien vu venir de son malheur. En même temps, je ne me sens pas prêt à supporter le regard des autres. C'est bien d'avoir oublié mon portable, me dis-je. Je m'imagine mal en train de parler à quelqu'un dans l'état où je suis. Kim risquerait d'aggraver ma blessure ; Naveed pourrait m'offrir le prétexte qu'il ne faut pas. Pourtant le silence me tue. Dans ce parc déserté, je me sens seul au monde, semblable à une épave abandonnée par les flots sur un rivage funeste.

Je rentre à l'hôtel, m'aperçois que j'ai oublié ma trousse de toilette et mes comprimés. Le téléphone, sur la table de chevet, me nargue. Mais qui appeler ? Et quelle heure est-il ? La pièce est remplie de ma respiration haletante. Je ne suis pas bien ; je me sens glisser inexorablement quelque part…

Me revoilà dans la rue. Subitement. Je ne me rappelle pas comment j'ai quitté l'hôtel, ne sais pas depuis quand je traîne dans le quartier. Pas une fenêtre ne veille autour de moi. Seul le vrombissement d'un moteur fuse au loin, puis la nuit reprend ses droits sur ce qui dort… Une cabine téléphonique, là-bas, près du kiosque. Mes pas m'y conduisent *manu militari ;* ma main décroche le combiné ; mes doigts forment un numéro. Qui suis-je en train d'appeler ? Que vais-je lui dire ? La sonnerie retentit au bout du fil, cinq, six, sept fois. Un déclic, et une voix ensommeillée maugrée… « Allô ? Qui est là ? Tu as idée de l'heure qu'il est ? Je travaille demain, moi… » Je reconnais la voix de Yasser. Je suis surpris de l'avoir au bout du fil. Pourquoi lui ?

— C'est Amine…

Un silence, puis la voix crachotante de Yasser se tasse :

— Amine ? Est-ce que c'est grave ?

— Où est Adel ? m'entends-je lui demander.

— Il est trois heures du matin, voyons.

— Où est Adel ?

— Comment veux-tu que je le sache ? Certainement là où ses affaires l'ont conduit. Ça fait des semaines que je ne l'ai vu.

— Est-ce que tu vas me dire où il est, ou faut-il que je vienne l'attendre chez toi ?

— Non, s'écrie-t-il, ne viens surtout pas à Bethléem. Les types de l'autre jour te cherchent. Ils disent que tu les as roulés, que c'est le Shin Beth qui t'envoie.

— Où est Adel, Yasser ?

Un autre silence, plus long que le précédent, ensuite Yasser laisse tomber, exacerbé :

— Janin… Adel est à Janin.

— Ce n'est pas le meilleur endroit pour investir dans une entreprise, Yasser. Janin est à feu et à sang.

— Écoute, je t'assure qu'aux dernières nouvelles, il était à Janin. Je n'ai aucune raison de te mentir. Je te ferai signe dès qu'il sera de retour, si tu veux… Est-ce que je peux savoir de quoi il retourne ? Qu'est-ce qu'il a, mon fils, pour que tu m'appelles à une heure pareille ?

Je raccroche.

Je ne sais pas pourquoi, mais je me sens un peu mieux.

Le gardien de nuit n'est pas content d'être tiré du lit à trois heures du matin – l'hôtel ferme à minuit, et j'ai oublié le code d'entrée. C'est un jeune homme famélique, probablement un universitaire qui passe ses nuits à veiller sur le sommeil des autres pour financer ses études. Il m'ouvre sans enthousiasme, cherche ma clef et ne la trouve nulle part.

— Vous êtes sûr de l'avoir remise avant de sortir ?

— Pourquoi voulez-vous que je m'encombre d'une clef ?

Il replonge derrière le comptoir de la réception, farfouille dans la paperasse et les magazines qui traînent autour d'un téléphone fax et d'une photocopieuse, se relève, bredouille.

— C'est bizarre.

Il réfléchit pour se rappeler où se trouvaient les doubles, n'arrive pas à se réveiller tout à fait.

— Vous avez cherché sur vous, monsieur ?

— Je vous dis qu'elle n'est pas sur moi, dis-je en portant ma main à mes poches.

Mon bras se raidit : la clef est dans ma poche. Je la retire d'un geste confus. Le gardien de nuit comprime un soupir, visiblement horripilé. Il prend sur lui et me souhaite une bonne nuit.

L'ascenseur étant en panne, je grimpe un escalier étroit jusqu'au cinquième pour m'apercevoir que ma chambre est au troisième, reviens sur mes pas.

Je n'allume pas dans la pièce.

Je me déshabille, m'étale sur le lit sans le défaire, fixe le plafond qui, peu à peu, m'aspire tel un trou noir.

À partir du cinquième jour, je me rends compte que mes esprits m'abandonnent les uns après les autres. Mes réflexes devancent mes intentions, mes maladresses les aggravent. Le jour, je suis cloîtré dans ma chambre, entassé sur la chaise ou étendu sur le lit, les yeux révulsés comme si je cherchais à prendre de revers mes arrière-pensées car de drôles d'idées me harcèlent sans répit ; je songe à confier la vente de ma villa à une agence immobilière, à tirer une croix sur le passé et m'exiler en Europe ou bien aux États-Unis. La nuit, je sors tel un prédateur écumer les tripots borgnes, certain, dans ces endroits où je n'ai jamais mis les pieds auparavant, de ne pas tomber sur une connaissance ou un ancien collègue. La pénombre de ces bars pollués de tabagie et d'effluves rances m'insuffle un étrange sentiment d'invisibilité. Malgré une promiscuité à base d'ivrognes râleurs et de femmes aux regards ensorcelés, personne ne fait attention à moi. Je m'attable dans un coin en retrait, où les filles éméchées ne se hasardent guère, et picole tranquillement jusqu'à ce que l'on vienne m'annoncer l'heure de la fermeture. Je m'en vais alors cuver mon vin dans le même parc, sur le même banc et ne rejoins l'hôtel qu'aux aurores.

Puis, dans une brasserie, tout m'échappe. La colère, que je couvais depuis des jours, finit par me doubler. Je m'attendais à ça. La susceptibilité à fleur de peau, je savais que j'allais tôt ou tard me court-circuiter. Déjà mes propos se voulaient brutaux, mes répliques expéditives ; je manquais de patience, réagissais très mal lorsqu'un regard se posait sur moi. Il n'y avait pas de doute, je devenais quelqu'un d'autre, imprévisible et fascinant à la fois. Mais ce soir, dans la brasserie, je me surpasse. De prime abord, je n'ai pas apprécié la place où l'on m'a installé. Je voulais un endroit discret, sauf qu'il n'y avait plus de tables disponibles. J'ai rechigné, puis j'ai cédé. Ensuite, la serveuse m'apprend qu'il ne restait plus de foie grillé. Elle a l'air sincère, pourtant son sourire me déplaît.

— Je veux du foie grillé, m'entêté-je.

— Je suis désolée, il n'en reste plus.

— Ce n'est pas mon problème. J'ai lu sur le menu affiché dehors que vous servez du foie grillé et je suis entré pour ça, et pour rien d'autre.

Mes cris interrompent le cliquetis des fourchettes. Les clients se retournent vers moi.

— Qu'est-ce que vous avez à me regarder comme ça ? leur hurlé-je.

Le gérant rapplique aussitôt. Il déploie tout son

charme professionnel pour me calmer ; sa courtoisie de façade déchaîne mes démons. J'exige que l'on m'apporte du foie grillé sur-le-champ. Un ressac d'indignation se déclare dans la salle. Quelqu'un suggère carrément que l'on me jette dehors. C'est un monsieur d'un certain âge aux allures de flic ou bien d'un militaire en civil. Je l'invite à me foutre dehors lui-même. Il accepte volontiers et me saisit par la gorge. La serveuse et le gérant s'opposent à la brute. Une chaise se renverse dans un fracas, puis des grincements de meubles se joignent aux invectives. La police débarque. L'officier est une dame blonde, vaste de poitrine, avec un nez grotesque et des yeux ardents. La brute lui explique comment la situation a dégénéré. Ses déclarations sont renforcées par le témoignage de la serveuse et d'une bonne partie de la clientèle. La dame en uniforme me fait sortir dans la rue, demande à voir mes papiers. Je refuse de les lui présenter.

— Il est complètement soûl, grogne un agent.

— On l'embarque, décide l'officier.

On me bouscule dans une voiture et on me conduit dans le poste de police le plus proche. Là, on m'oblige à fournir mes papiers, à vider mes poches et on m'enferme dans une cellule où deux ivrognes ronflent à poings fermés.

Une heure plus tard, un agent vient me chercher. Il m'emmène récupérer mes affaires personnelles auprès d'un guichetier et me reconduit dans le hall d'accueil. Naveed Ronnen est là, appuyé contre le comptoir, la mine déconfite.

— Tiens, mon bon génie, m'écrié-je, désagréable.

Naveed congédie l'agent d'un signe de la tête.

— Comment tu as su que j'étais au trou ? Tu as mis tes gars à mes trousses ou quoi ?

— Rien de tout ça, Amine, dit-il d'une voix lasse. Je suis soulagé de te voir sur pied. Je m'attendais au pire.

— Comme quoi, par exemple ?

— Un enlèvement ou bien un suicide. Je te cherche depuis des jours et des nuits. Dès que Kim m'a appris ta disparition, j'ai communiqué ton signalement et ta filiation aux postes de police et aux services hospitaliers. Où étais-tu passé, bon sang ?

— Ça n'a pas d'importance… Est-ce que je peux disposer ? demandé-je à l'officier derrière le comptoir.

— Vous êtes libre, monsieur Jaafari.

— Merci.

Un vent chaud balaie la rue. Deux flics discutent en fumant, l'un appuyé contre le mur du commissariat, l'autre assis sur le marchepied d'un panier à salade.

La voiture de Naveed est rangée contre le trottoir d'en face, les veilleuses allumées.

— Où tu vas comme ça ? me demande-t-il.

— Me dégourdir les jambes.

— Il se fait tard. Tu ne veux pas que te je dépose chez toi ?

— Mon hôtel n'est pas loin…

— Comment ça, ton hôtel ? Tu ne retrouves plus le chemin de ta maison ?

— Je suis très bien à l'hôtel.

Naveed passe une main sur ses joues, abasourdi.

— Il est où, ton hôtel ?

— Je prendrai un taxi.

— Tu ne veux pas que je te raccompagne ?

— C'est pas la peine. Et puis, j'ai besoin d'être seul.

— Dois-je comprendre que…

— Y a rien à comprendre, le coupé-je. J'ai besoin d'être seul, un point, c'est tout. C'est pourtant clair.

Naveed me rattrape au coin de la rue. Il doit me dépasser pour se mettre en travers de mon chemin.

— Ce n'est pas bien ce que tu fais, Amine, je t'assure. Si tu voyais dans quel état tu t'es mis.

— Est-ce que je fais quelque chose de mal, hein ? Dis-moi où je suis en train de fauter ?... Tes collègues ont été infects, si tu veux savoir. Ce sont des racistes. C'est l'autre qui a commencé, mais c'est moi qui ai le faciès approprié. Ce n'est pas parce que je sors d'un commissariat que je suis répréhensible. J'en ai assez vu pour ce soir. Maintenant, je veux juste retourner dans mon hôtel. Je ne demande pas la lune, bordel ! Quel mal y a-t-il à vouloir être seul ?

— Il n'y en a pas, dit Naveed en posant sa main contre ma poitrine pour m'empêcher d'avancer. Sauf que tu peux te faire du mal en t'isolant. Il faut te reprendre, voyons. Tu es en train de disjoncter. Et tu as tort de croire que tu es seul. Tu as encore des amis sur qui tu peux compter.

— Est-ce que je peux compter sur toi ?

Ma question le surprend.

Il écarte les bras et dit :

— Bien sûr.

Je le dévisage. Ses yeux ne se détournent pas, seule une fibre tressaute sur la pointe de sa pommette.

— Je veux passer de l'autre côté du miroir, grommelé-je, de l'autre côté du Mur.

Il fronce les sourcils, se penche pour me regarder de plus près.

— En Palestine ?

— Oui.

Il ébauche une petite moue, se retourne vers les deux flics qui nous observent en catimini.

— Je croyais que tu avais réglé ce problème.

— Je le croyais aussi.

— Et qu'est-ce qui t'a remis sur le gril ?

— Disons que c'est une question d'honneur.

— Le tien est intact, Amine. On ne se rend pas coupable du tort que l'on nous fait, mais seulement du tort que nous faisons.

— Dure à avaler, la pilule.

— Tu n'es pas obligé.

— C'est là que tu te trompes.

Naveed se prend le menton entre l'index et le pouce, les sourcils ramassés. Il m'imagine mal en Palestine, dans mon état dépressif, cherche un moyen plus subtil pour m'en dissuader.

— Ce ne serait pas une bonne idée, dit-il à court d'arguments.

— Je n'en ai pas d'autres.

— Tu veux te rendre où exactement ?

— Janin.

— La ville est en état de siège, me prévient-il.

— Moi aussi… Tu n'as pas répondu à ma question. Est-ce que je peux compter sur toi ?

— Je suppose que rien ne te ferait entendre raison.

— C'est quoi, la raison ?… Est-ce que je peux compter sur toi, oui ou non ?

Il est gêné et affligé à la fois.

Je fouille dans mes poches, trouve un paquet de cigarettes fripé, en extirpe une et la porte à ma bouche. Je m'aperçois que mon briquet n'est plus sur moi.

— Je n'ai pas de feu, s'excuse Naveed. Tu devrais arrêter de fumer.

— Est-ce que je peux compter sur toi ?

— Je ne vois pas comment. Tu vas sur un territoire miné où je n'exerce aucun pouvoir et où ma baraka n'a pas cours. J'ignore ce que tu cherches à prouver. Il n'y a rien pour toi, là-bas. Ça canarde de partout, et les balles perdues causent plus de dégâts que les batailles rangées. Je te préviens, Bethléem est une station balnéaire par rapport à Janin.

Il réalise sa bourde, tente de se rattraper – trop tard. Sa dernière phrase explose en moi comme un pétard. Ma pomme d'Adam heurte sèchement mon gosier quand je l'accule :

— Kim m'a promis de ne rien dire, et elle a toujours tenu parole. Si ce n'est pas elle qui a parlé, comment sais-tu que j'ai été à Bethléem ?

Naveed est embêté, pas plus. Son visage ne trahit aucun fléchissement intérieur.

— Qu'aurais-tu fait à ma place ? dit-il avec exaspération. La femme de mon meilleur ami est une kamikaze. Elle nous a tous pris de court, son mari, ses voisins, ses proches. Tu voulais savoir comment et pourquoi ? C'est ton droit. Mais c'est aussi mon devoir.

Je n'en reviens pas.

Je suis tétanisé.

— Ça alors ! fais-je.

Naveed tente de s'approcher de moi. Je lève les deux mains pour le supplier de rester où il est, prends par la première ruelle et m'enfonce dans la nuit.

14

À Janin, la raison semble s'être cassé les dents et renoncer à toute prothèse susceptible de lui rendre le sourire. D'ailleurs plus personne n'y sourit. La bonne humeur d'autrefois a mis les voiles depuis que les linceuls et les étendards ont le vent en poupe.

— Et encore, tu n'as rien vu, dit Jamil comme s'il lisait dans mes pensées. L'enfer est un hospice par rapport à ce qui se passe ici.

Pourtant, j'en ai vu des choses depuis que je suis passé de l'autre côté du Mur : les hameaux en état de siège ; les checkpoints à chaque bretelle ; des routes jalonnées de voitures carbonisées, foudroyées par les drones ; les cohortes de damnés attendant leur tour d'être contrôlés, bousculés et souvent refoulés ; les troufions encore imberbes qui perdent patience et qui cognent sans distinction ; les femmes qui protestent en n'ayant à opposer aux coups de crosse que leurs mains meurtries ; les Jeep sillonnant les plaines, d'autres escortant les colons juifs se rendant sur les lieux de leur travail comme sur un champ de mines...

— Il y a une semaine, ajoute Jamil, c'était la fin du monde. Est-ce que tu as déjà vu des tanks riposter aux frondes, Amine ? Eh bien, à Janin, les chars ont ouvert le feu sur les gamins qui leur jetaient la pierre. Goliath piétinait David à chaque coin de rue

J'étais à mille lieues de soupçonner que l'état de décomposition était aussi avancé, que les espérances étaient si mal loties. Je n'ignorais rien des animosités qui détérioraient les mentalités d'un côté comme de l'autre, de l'entêtement qu'affichaient les belligérants à refuser de s'entendre et à n'écouter que leur rancœur assassine ; mais voir l'insoutenable de mes propres yeux me traumatise. À Tel-Aviv, j'étais sur une autre planète. Mes œillères me cachaient l'essentiel du drame qui ronge mon pays ; les honneurs que l'on me faisait occultaient la teneur véritable des horreurs en passe de transformer la terre bénie de Dieu en un inextricable dépotoir où les valeurs fondatrices de l'Humain croupissent, les tripes à l'air, où les encens sentent mauvais comme les promesses que l'on résilie, où le fantôme des prophètes se voile la face à chaque prière qui se perd dans le cliquetis des culasses et les cris de sommation

— On ne peut pas aller plus loin, me prévient Jamil. On est pratiquement sur la ligne de démarcation. À partir du patio démoli sur la gauche, c'est le stand de tir.

Il me montre un monceau de pierrailles noircies.

— Deux traîtres ont été exécutés par le Jihad islamique, vendredi passé. Leurs corps ont été exposés là. Ils étaient gonflés comme des baudruches.

Je regarde autour de moi. Le quartier paraît évacué. Seule une équipe de télévision étrangère filme les décombres, sous la garde rapprochée de guides armés. Un 4 × 4 surgit on ne sait d'où, hérissé de kalachnikovs, fonce droit devant et disparaît à un tournant dans un horrible crissement de pneus ; le nuage de poussière qu'il laisse derrière lui met longtemps à se dissiper.

Des coups de feu retentissent non loin, puis le calme plat, frustrant.

Jamil fait marche arrière jusqu'à un rond-point, scrute une rue silencieuse, pèse le pour et le contre et décide de ne pas courir de risques inutiles.

— C'est pas bon signe, dit-il, c'est pas bon du tout. Je ne vois pas de miliciens des brigades d'al-Aqsa. D'habitude, il y en a toujours trois ou quatre par ici pour nous orienter. S'il n'y a personne, c'est qu'un traquenard est dressé dans le coin.

— Il habite où, ton frère ?

— À quelques encablures de cette mosquée. Tu vois les toits décharnés sur la droite, c'est juste derrière. Mais pour y accéder, il faut traverser le quartier, et c'est infesté de tireurs isolés. Le plus dur est passé, mais ça continue de barder. Les soldats de Sharon occupent une bonne partie de la ville et verrouillent les principaux accès. Ils ne nous laisseront même pas les approcher à cause des véhicules piégés. Quant à nos miliciens, ils sont sur les nerfs et tirent d'abord avant de demander les papiers. Nous avons choisi le mauvais jour pour rendre visite à Khalil.

— Qu'est-ce que tu proposes ?

Jamil passe sa langue sur ses lèvres bleues.

— J'sais pas. J'ai pas prévu ça.

Nous rebroussons chemin jusqu'au rond-point, croisons deux véhicules de la Croix-Rouge, les suivons à distance. Un obus explose au loin, puis un deuxième. Dans le ciel poussiéreux, une paire d'hélicoptères bourdonnent, roquettes amorcées. Nous progressons derrière les deux ambulances, précautionneusement. Des pâtés de maisons entiers ont été rasés par les tanks et les bulldozers, sinon soufflés à la dynamite. À leur place s'articulent d'effroyables terrains vagues boursouflés de tas d'éboulis et de ferraille arthritique où des colonies de rats ont déployé leur camp en attendant de consolider leur empire. Les rangées de ruines racontent encore les rues d'autrefois réduites au silence en dressant leurs façades estropiées à la face du monde, les graffitis plus incisifs que les lézardes. Et partout, au détour des détritus, au milieu des carcasses de voitures broyées par les chars, parmi les palissades criblées de mitraille, sur les squares en souffrance – partout, le sentiment de revivre des horreurs que l'on croyait abolies avec, en prime, la quasi-certitude que les vieux démons sont devenus tellement attachants qu'aucun possédé ne voudrait s'en défaire.

Les deux ambulances débouchent sur un camp peuplé de spectres hagards.

— Les rescapés, m'explique Jamil. Les maisons rasées, c'étaient les leurs. Maintenant, ils se replient par ici.

Je ne dis rien ; je suis effrayé. Ma main tremble en s'emparant de mon paquet de cigarettes.

— Tu m'en passes une ?

Les deux ambulances s'arrêtent devant une bâtisse où des mères s'impatientent, leur marmaille dans les jupons. Les conducteurs sautent à terre, ouvrent les portières sur des vivres qu'ils se mettent à distribuer à tour de bras, créant un début de bousculade.

Jamil parvient à négocier un chapelet de raccourcis, rebroussant chemin chaque fois qu'un coup de feu ou une silhouette suspecte nous glace les sangs.

Nous atteignons enfin les quartiers relativement épargnés. Des miliciens en treillis et d'autres encagoulés s'affairent avec frénésie. Jamil m'explique qu'il doit laisser sa voiture dans un garage et qu'à partir de maintenant nous allons compter sur la robustesse de nos jarrets.

Nous gravissons d'interminables ruelles pullulantes de gens en colère avant d'entrevoir le gourbi de Khalil.

Jamil cogne plusieurs fois sur la porte ; pas de réponse.

Un voisin nous apprend que Khalil et sa famille sont partis, quelques heures plus tôt, à Nabulus.

— Quelle poisse ! s'écrie Jamil. Il a dit où exactement à Nabulus ?

— Il n'a pas laissé de coordonnées… Il savait que tu allais venir ?

— Je ne pouvais pas le joindre ! dit Jamil, furieux d'avoir fait tout ce chemin pour rien. Janin est coupé du monde… Est-ce que je peux savoir pourquoi il est parti à Nabulus ?

— Ben, il est parti, et c'est tout. Que veux-tu qu'il reste fiche ici. On n'a pas d'eau courante, pas d'électricité ; on n'a plus rien à bouffer et on n'arrive pas à fermer l'œil de jour comme de nuit. Moi, si j'avais un proche capable de me prendre en charge ailleurs, j'aurais fait la même chose.

Jamil me demande une autre cigarette.

— Quelle poisse ! peste-t-il. Je ne connais personne à Nabulus.

Le voisin nous invite à entrer chez lui nous reposer.

— Non, merci, lui dis-je. Nous sommes pressés.

Jamil essaie de réfléchir, mais sa déception malmène ses pensées. Il s'accroupit devant la porte de son frère, tire nerveusement sur sa cigarette, les mâchoires crispées.

Il se relève d'un bond.

— Qu'est-ce qu'on fait ? dit-il. Moi, je ne peux pas traîner dans les parages. Il faut que je retourne à Ramallah rendre la voiture à son propriétaire.

Je suis embêté, moi aussi. Khalil était mon unique

repère. Aux dernières nouvelles, Adel était hébergé chez lui. J'espérais qu'il me conduise jusqu'à lui.

Nous sommes cousins, Khalil, Jamil et moi. Je ne connais pas bien le premier, qui est de dix ans mon aîné, mais, adolescents, nous étions très proches, Jamil et moi. Nous ne nous voyons pas beaucoup ces derniers temps, à cause de l'incompatibilité de nos deux professions, moi chirurgien à Tel-Aviv et lui convoyeur à Ramallah, cependant, quand il lui arrive d'être de passage dans mon secteur, Jamil ne manque pas de faire un saut à la maison. C'est un brave père de famille, affectueux et désintéressé. Il m'estime bien et garde de nos complicités de naguère une tendresse indéfectible. Lorsque je lui ai annoncé ma visite, il a tout de suite demandé un congé à son patron pour s'occuper de moi. Il *sait* pour Sihem. Yasser lui a raconté mon séjour tumultueux à Bethléem et lui a fait part des soupçons qui pèsent sur moi quant à mon éventuelle manipulation par les services israéliens. Jamil n'a rien voulu entendre. Il m'a menacé de ne plus m'adresser la parole si j'allais m'installer chez quelqu'un d'autre que chez lui.

J'ai passé deux nuits à Ramallah à cause de ma voiture qu'un mécanicien n'a pas réussi à réparer. Jamil a dû solliciter un autre cousin pour qu'il nous prête son véhicule, promettant de le lui rendre avant le soir. Il comptait me déposer chez son frère Khalil et rentrer tout de suite après.

— Est-ce qu'il y a un hôtel ? je demande au voisin.

— Certainement, mais avec tous ces journalistes, ils sont complets. Si vous voulez attendre Khalil chez moi, ça ne me dérange pas. Il y a toujours un lit disponible chez le bon croyant.

— Merci, je lui dis, on va se débrouiller.

200

Nous trouvons une chambre libre dans une sorte d'auberge, non loin de la maison de Khalil. Le réceptionniste me prie de payer d'avance avant de m'accompagner au deuxième étage me montrer un cagibi meublé d'un lit efflanqué, d'une table de chevet rudimentaire et d'une chaise métallique. Il m'indique les toilettes au bout du couloir, une issue de secours à toutes fins utiles et m'abandonne à mon sort. Jamil est resté dans la salle d'attente. Je repose mon sac sur la chaise et ouvre la fenêtre qui donne sur le centre-ville. Très loin, des bandes de gamins lapident les chars israéliens avant de se disperser sous les tirs des soldats ; les bombes lacrymogènes déversent leur fumée blanchâtre dans les ruelles saturées de poussière ; un attroupement se constitue autour d'un corps qui vient d'être foudroyé… Je referme la fenêtre et rejoins Jamil au rez-de-chaussée. Deux journalistes débraillés dorment sur un canapé, leur équipement déballé autour d'eux. Le réceptionniste nous informe qu'il y a un petit bar au fond à droite si nous voulons boire ou casser la croûte. Jamil me demande la permission de retourner à Ramallah.

— Je repasserai par la maison de Khalil et laisserai au voisin l'adresse de l'hôtel où il pourra te contacter dès le retour de mon frère.

— Très bien. Je ne quitte pas l'hôtel. D'ailleurs, je ne vois pas où l'on peut se dégourdir les jambes par ici.

— Tu as raison, tu restes tranquille dans ta chambre jusqu'à ce que l'on vienne te chercher. Khalil va certainement rentrer aujourd'hui, ou demain au plus tard. Il ne laisse jamais la maison sans personne à l'intérieur.

Il me serre contre lui.

— Pas d'imprudence, Amine.

Après le départ de Jamil, je vais dans le bar fumer quelques cigarettes autour d'une tasse de café. Des adolescents armés, la tête ceinte d'un foulard vert et la poitrine recouverte de gilets pare-balles, arrivent à leur tour. Ils s'installent dans un coin où ils sont rejoints par une équipe de télévision française. Le plus jeune milicien vient m'expliquer qu'il s'agit d'une interview et m'invite gentiment à débarrasser le plancher.

Je remonte dans ma chambre et rouvre la fenêtre sur les batailles rangées. Mon cœur se contracte au spectacle qui s'offre à moi... Janin... C'était la grande cité de mon enfance. Les terres tribales se trouvant à une trentaine de kilomètres de là, j'accompagnais souvent mon père quand il se rendait en ville proposer ses toiles à de louches marchands d'art. À cette époque, Janin me paraissait aussi mystérieuse que Babylone, et j'aimais à prendre ses nattes pour des tapis volants. Puis, lorsque la puberté me rendit plus attentif au déhanchement des femmes, j'appris à m'y rendre seul comme un grand. Janin, c'était la ville rêvée des anges délurés, avec ses petites manières de grosse bourgade singeant les grandes villes, sa cohue incessante qui rappelle le souk un jour de ramadan, ses boutiques aux allures de caverne d'Ali Baba où les babioles s'évertuaient à minimiser l'ombre des pénuries, ses ruelles parfumées où les galopins évoquaient des princes aux pieds nus ; mais aussi son côté pittoresque qui fascinait les pèlerins dans une vie antérieure, l'odeur de son pain que je n'ai retrouvée nulle part ailleurs et sa bonhomie toujours vivace malgré tant d'infortunes... Où sont donc passées les petites touches qui faisaient son charme et sa griffe, qui rendaient la pudeur de ses filles aussi mortelle que leur effronterie et les vieillards vénérables en dépit de leur caractère impossible ? Le règne de l'absurde a ravagé jusqu'aux joies des enfants. Tout a sombré dans une grisaille malsaine. On se croirait sur une aile oubliée des limbes, hantée d'âmes avachies, d'êtres brisés, mi-spectres mi-damnés, confits dans les vicissitudes tels des moucherons dans une coulée de vernis, le faciès décomposé, le regard révulsé, tourné vers la nuit, si malheureux que même le grand soleil d'As-Samirah ne parvient pas à l'éclairer.

Janin n'est plus qu'une ville sinistrée, un immense gâchis ; elle ne dit rien qui vaille et a l'air aussi insondable que le sourire de ses martyrs dont les portraits sont placardés à chaque coin de rue. Défigurée par les multiples incursions de l'armée israélienne, tour à tour clouée au pilori et ressuscitée pour faire durer le plaisir, elle gît dans ses malédictions, à bout de souffle et à court d'incantations…

On frappe à la porte.

Je me réveille. La chambre est plongée dans le noir. Ma montre indique 6 heures de l'après-midi.

— Monsieur Jaafari, vous avez de la visite, m'annonce-t-on derrière la porte.

Un garçon m'attend à la réception, boudiné dans une tenue bariolée. Il doit friser les dix-huit ans, mais essaie d'avoir l'air plus âgé. Son visage aux traits fins est sillonné de lisérés de poils follets qu'il fait passer pour une barbe.

— Je m'appelle Abu Damar, se présente-t-il doctement. C'est mon nom de guerre. Je suis quelqu'un de confiance. Khalil m'envoie te chercher.

Il m'enlace à la manière des moudjahidin.

Je le suis à travers un quartier effervescent où les trottoirs disparaissent sous des couches de gravats. Les lieux ont dû être évacués récemment par les troupes israéliennes car la chaussée ravinée conserve encore la morsure des engins chenillés comme un supplicié les traces fraîches de son calvaire. Une ribambelle de mioches nous rattrapent dans un bruit de cavalcade et s'engouffrent dans une venelle en vociférant.

Mon guide marche trop vite pour moi ; il est obligé de s'arrêter de temps à autre pour m'attendre.

— Ce n'est pas le chemin, lui signalé-je.

— Il va bientôt faire nuit, m'explique-t-il. Certains secteurs sont interdits, le soir. Pour qu'il n'y ait pas de méprise. Nous sommes très disciplinés, à Janin. Les instructions sont observées à la règle. Autrement, on ne tiendrait pas le coup.

Il se retourne vers moi et ajoute :

— Tant que tu es avec moi, tu ne risques rien. C'est mon secteur, ici. Dans un an ou deux, c'est moi qui le commanderai.

Nous arrivons dans un cul-de-sac sans éclairage. Une silhouette armée monte la garde devant un portillon. Le garçon me pousse vers elle.

— C'est notre docteur, dit-il, fier d'avoir rempli sa mission.

— Très bien, petit, dit la sentinelle. Maintenant, tu rentres chez toi et tu nous oublies.

Le garçon est un peu décontenancé par le ton sans appel de la sentinelle. Il nous salue et se hâte de disparaître dans l'obscurité.

L'homme en faction me prie de le suivre dans un patio où deux miliciens finissent de fourbir leurs fusils à la lumière d'une torche. Un grand homme sanglé dans une veste de parachutiste se tient sur le seuil d'une salle encombrée de lits de camp et de sacs de couchage. C'est le chef. La figure tavelée et les yeux chauffés à blanc, il n'est pas ravi de me voir.

— Tu veux te venger, docteur ? me lance-t-il à bout portant.

Brusqué, je mets un certain temps à récupérer mes sens.

— Quoi ?

— Tu as très bien entendu, rétorque-t-il en m'introduisant dans une pièce dérobée. C'est le Shin Beth qui t'envoie donner un coup de pied dans la fourmilière pour nous faire sortir de nos trous et nous livrer à ses drones.

— C'est faux.

— Ferme-la, me menace-t-il en me catapultant contre un mur. Nous t'avons à l'œil depuis un bon bout de temps déjà. Ton passage à Bethléem a été très remarqué. Qu'est-ce que tu veux au juste ? Être égorgé dans un caniveau ou pendu sur la place ?

L'homme m'inspire soudain une terreur noire.

Il m'enfonce le canon de son pistolet dans le flanc et m'oblige à m'agenouiller. Un milicien, que je n'ai pas vu en entrant, me tire les mains derrière le dos et me passe les menottes, sans brutalité aucune, comme s'il s'agissait d'un exercice. Je suis tellement surpris par la tournure des choses et la facilité avec laquelle je suis tombé dans le panneau que j'ai du mal à croire ce qu'il m'arrive.

L'homme s'accroupit pour me regarder de près :

— Terminus, docteur. Tout le monde descend. Tu n'aurais pas dû pousser le bouchon jusqu'ici, parce que, ici, on n'est pas patients avec les fumiers et on ne les laisse pas nous pourrir l'existence.

— Je suis venu voir Khalil. C'est mon cousin.

— Khalil a fichu le camp dès qu'il a eu vent de ta visite. Il n'est pas fou, lui. Est-ce que tu mesures le bordel que tu as foutu à Bethléem ? À cause de toi, l'imam de la Grande Mosquée a été obligé de déménager. Nous sommes contraints de surseoir à toutes les opérations, là-bas, pour voir si nos réseaux ne sont pas localisés. J'ignore pourquoi Abu Moukaoum a accepté de te rencontrer, mais c'était une très mauvaise initiative. Lui aussi a déménagé depuis. Et maintenant, tu viens à Janin remettre ça ?

— Je ne suis pas manipulé.

— Tiens, tiens… Ils t'arrêtent après l'attentat commis par ta femme ; ensuite, trois jours après, ils te laissent filer, comme ça, sans poursuites ni procès. À peine s'ils ne se sont pas excusés des désagréments qu'ils t'ont causés. Pourquoi ? Pour tes beaux yeux ? Admettons, on serait presque tentés de le croire, sauf qu'on n'a jamais vu ça. Jamais aucun otage du Shin Beth n'a été relâché dans la nature sans qu'il ait d'abord vendu son âme au diable.

— Vous vous trompez…

Il m'attrape par les mâchoires et presse dessus de façon à maintenir ma bouche ouverte.

— Monsieur le docteur nous en veut. Sa femme est morte *à cause de nous*. Elle était si bien dans sa cage dorée, n'est-ce pas ? Elle mangeait bien, dormait bien, s'amusait bien. Elle ne manquait de rien. Et voilà qu'une bande de tarés la détourne de son bonheur pour l'envoyer – comment tu disais déjà ? – *au charbon*. Monsieur le docteur vit à proximité d'une guerre, sauf qu'il ne veut pas en entendre parler. Il pense que sa femme, non plus, ne doit pas s'en préoccuper… Eh bien, il a tort, monsieur le docteur.

— J'ai été relâché parce que je n'étais pour rien dans l'attentat. Personne ne m'a recruté. Je veux juste comprendre ce qui s'est passé. C'est pour ça que je cherche Adel.

— Pourtant, tout est clair. Nous sommes en guerre. Il y a ceux qui ont pris les armes ; d'autres qui se tournent les pouces. D'autres encore qui font leur beurre au nom de la Cause. C'est la vie. Mais tant que chacun reste dans ses quartiers, ce n'est pas bien grave. La difficulté commence lorsque ceux qui se la coulent douce viennent tirer l'oreille à ceux qui sont dans la merde jusqu'au cou… Ta femme avait choisi son camp. Le bonheur que tu lui proposais avait une odeur de décomposition. Il la répugnait, tu saisis ? Elle n'en voulait pas. Elle n'en pouvait plus de se dorer au soleil pendant que son peuple croupissait sous le joug sioniste. Est-ce qu'il te faut un tableau pour *comprendre* ou est-ce que c'est toi qui refuses de regarder la réalité en face ?

Il se relève, vibrant de rage, me repousse de son genou contre le mur et sort en fermant à double tour la porte derrière lui.

Quelques heures plus tard, bâillonné et les yeux bandés, on me jette dans le coffre d'une voiture. Pour moi, c'est la fin. On va m'emmener sur un terrain vague et m'exécuter. Mais ce qui me dérange, c'est la docilité avec laquelle je me laisse faire. Un agneau se serait mieux défendu. En s'abattant sur moi, le couvercle du coffre m'a confisqué le peu d'estime que je réclamais pour ma personne, en même temps il m'a soustrait au reste du monde. Tout ce chemin, toute cette carrière mirobolante pour finir dans le coffre d'une voiture tel un vulgaire baluchon ! Comment ai-je pu tomber si bas ? Comment puis-je tolérer que l'on me traite de cette façon sans bouger le petit doigt ? Un sentiment de rage impuissante me renvoie loin dans le passé. Je me souviens d'un matin, alors qu'il me conduisait auprès d'un arracheur de dents sur sa charrette, grand-père avait dérapé sur une ornière et renversé un muletier. Ce dernier s'était relevé et n'avait pas arrêté de traiter grand-père de tous les noms d'oiseaux. Je m'attendais à voir le patriarche entrer à son tour dans une fureur homérique, comme celle qui faisait trembler les récalcitrants de la tribu, et quel a été mon chagrin en m'apercevant que mon centaure à moi, l'être que je révérais au point de le confondre avec une divinité se contentait de *se confondre* en excuses et de ramasser son keffieh que l'autre lui arrachait des mains et jetait par terre. J'étais tellement triste que ma carie avait cessé de me faire souffrir. J'avais sept ou huit ans. Je ne voulais pas croire que grand-père puisse accepter qu'on l'humilie de cette façon. Indigné et impuissant, chaque cri du muletier me rabaissait d'un cran. Je ne pouvais que regarder mon idole dépérir comme un capitaine regarde couler son navire... C'est exactement le même chagrin qui s'est emparé de moi à l'instant où le couvercle du coffre de la voiture m'a effacé. J'ai tellement honte de subir tant d'affronts sans broncher que le sort qui m'attend m'indiffère ; je ne suis plus rien.

15

On m'enferme dans une cave opaque, sans lucarne ni éclairage.

— Ce n'est pas le grand standing, me dit l'homme à la veste de parachutiste, mais le service est impec. N'essaie pas de faire le malin car tu n'as aucune chance de te tirer d'ici. Si ça ne tenait qu'à moi, tu serais déjà en train de sentir mauvais. Malheureusement, je relève d'une hiérarchie, et elle ne partage pas toujours mes états d'âme.

Mon cœur a failli s'arrêter de battre quand il a claqué la porte derrière lui.

Je me ramasse autour de mes genoux et ne bouge plus.

Le lendemain, on vient me chercher. Menotté, la tête dans un sac et un bâillon sur la bouche, me revoilà dans le coffre d'une voiture. Après un long parcours crevassé, je suis jeté à terre. On me met à genoux et on me retire le sac. La première chose qui me saute aux yeux est une grosse pierre maculée de grumeaux de sang et criblée de traces de balles. La mort, à cet endroit, pue très fort. On a dû exécuter pas mal de gens par ici. Quelqu'un me met le canon d'un fusil contre la tempe. « Je sais que tu ignores où se trouve la qaâba,

me dit-il, mais une prière est toujours bonne à dire. »
La morsure métallique me dévore de la tête aux pieds.
Je n'ai pas peur, pourtant je tremble tellement que mes
dents claquent à s'effriter. Je ferme les yeux, ramasse
les ultimes bouts de dignité qui me restent et attends
que l'on en finisse… Le crachotement d'un talkie-
walkie me sauve *in extremis ;* on donne l'ordre à mes
bourreaux de reporter à plus tard le sale boulot et de
me ramener au lieu de ma détention.

De nouveau, le noir, sauf que cette fois je suis seul
au monde, sans ombre gardienne et sans souvenirs,
hormis cette frayeur nauséabonde dans les tripes et la
trace du canon contre ma tempe…

Le jour d'après, on revient me chercher. Au bout du
parcours, la même grosse pierre souillée, la même mise
en scène, le même crachotement de talkie-walkie ; je
comprends qu'il s'agit d'un vulgaire simulacre d'exé-
cution, qu'on essaie de me faire craquer.

Puis plus personne ne revient m'embêter.

Six jours et six nuits enfermé dans un trou à rat pes-
tilentiel, livré aux puces et aux cancrelats, à me nourrir
de soupe froide et à me limer les vertèbres sur un grabat dur comme une pierre tombale !

Je m'attendais à des interrogatoires musclés, à des
séances de torture ou à des choses dans ce genre ; rien.
Des adolescents galvanisés, exhibant leurs mitraillettes
comme des trophées, sont chargés de ma surveillance.
Une fois par hasard, ils m'apportent à manger sans
m'adresser la parole, m'ignorant superbement.

Le septième jour, un commandeur sous bonne
escorte me rend visite dans la cave. C'est un jeune
homme d'une trentaine d'années, plutôt frêle, avec un
visage en lame de couteau brûlé sur le côté et deux
yeux d'un blanc discutable. Il porte un treillis délavé
et un kalachnikov commando en bandoulière.

Il attend que je me mette debout, me glisse son revolver dans la main et recule de deux pas.

— Il est chargé, docteur. Descends-moi.

Je pose le pistolet par terre.

— Descends-moi, c'est ton droit. Après, tu pourras rentrer chez toi et tourner définitivement la page. Personne ici ne touchera à un seul de tes cheveux.

Il se rapproche, me remet le revolver dans la main.

Je refuse de le prendre.

— Objecteur de conscience ? me demande-t-il.

— Chirurgien, je lui dis.

Il hausse les épaules, glisse son pistolet sous son ceinturon et me confie :

— J'ignore si j'ai réussi, docteur, mais j'ai voulu que tu vives dans ta chair et ton esprit la haine qui nous ronge. J'ai demandé un rapport détaillé sur toi. On dit que tu es un homme bien, un éminent humaniste et que tu n'as aucune raison de vouloir du mal aux gens. C'était donc difficile pour moi de me faire comprendre sans te soustraire à ton rang social et te traîner dans la boue. Maintenant que tu as touché du bout de tes doigts les saloperies que ta réussite professionnelle t'épargnait, j'ai une chance de me faire comprendre. L'existence m'a appris qu'on peut vivre d'amour et d'eau fraîche, de miettes et de promesses, mais qu'on ne survit jamais tout à fait aux affronts. Et je n'ai connu que ça depuis que je suis venu au monde. Tous les matins. Tous les soirs. Je n'ai vu que ça, toute ma vie.

Il esquisse un petit geste de la main. Un milicien jette un sac à mes pieds.

— Je t'ai apporté des habits neufs. Je les ai payés de ma poche.

Je n'arrive pas à le suivre.

— Tu es libre, docteur. Tu as demandé à rencontrer

Adel. Il t'attend dehors, dans une voiture. Ton grand-oncle souhaiterait te recevoir dans la maison du patriarche. Si tu ne veux pas le revoir, c'est pas grave. On lui dira que tu as eu des empêchements. On t'a préparé un bain, et un repas amélioré, si tu es d'accord.

Je reste sur mes gardes, immobile.

Le commandeur s'accroupit, ouvre le sac et me montre des vêtements et une paire de chaussures pour me prouver sa bonne foi.

— Tu as passé comment ces six jours, dans ce sous-sol puant ? fait-il en se relevant, les mains sur les hanches. J'ose espérer que tu as appris à haïr. Sinon, cette expérience n'aura servi à rien. Je t'ai enfermé là-dedans pour que tu goûtes à la haine, et à l'envie de l'exercer. Je ne t'ai pas humilié pour la forme. Je n'aime pas humilier. Je l'ai été, et je sais ce que c'est. Tous les drames sont possibles lorsqu'un amour-propre est bafoué. Surtout quand on s'aperçoit qu'on n'a pas les moyens de sa dignité, qu'on est impuissant. Je crois que la meilleure école de la haine se situe à cet endroit précis. On apprend véritablement à haïr à partir de l'instant où l'on prend conscience de son impuissance. C'est un moment tragique ; le plus atroce et le plus abominable de tous.

Il me prend par les épaules, avec hargne.

—J'ai voulu que tu comprennes pourquoi nous avons pris les armes, docteur Jaafari, pourquoi des gosses se jettent sur les chars comme sur des bonbonnières, pourquoi nos cimetières sont saturés, pourquoi je veux mourir les armes à la main… pourquoi ton épouse est allée se faire exploser dans un restaurant. Il n'est pire cataclysme que l'humiliation. C'est un malheur incommensurable, docteur. Ça vous ôte le goût de vivre. Et tant que vous tardez à rendre l'âme, vous n'avez qu'une idée en tête : comment finir dignement après avoir vécu *misérable, aveugle et nu ?*

Il s'aperçoit que ses doigts me font mal, retire ses mains.

— Personne ne rejoint nos brigades pour le plaisir, docteur. Tous les garçons que tu as vus, les uns avec des frondes, les autres avec des lance-roquettes, détestent la guerre comme c'est pas possible. Parce que tous les jours, l'un d'eux est emporté à la fleur de l'âge par un tir ennemi. Eux aussi voudraient jouir d'un statut honorable, être chirurgiens, stars de la chanson, acteurs de cinéma, rouler dans de belles bagnoles et croquer la lune tous les soirs. Le problème, on leur refuse ce rêve, docteur. On cherche à les cantonner dans des ghettos jusqu'à ce qu'ils s'y confondent tout à fait. C'est pour ça qu'ils préfèrent mourir. Quand les rêves sont éconduits, la mort devient l'ultime salut… Sihem l'avait compris, docteur. Tu dois respecter son choix et la laisser reposer en paix.

Avant de se retirer, il ajoute :

— Il n'y a que deux extrêmes dans la folie des hommes. L'instant où l'on prend conscience de son impuissance, et celui où l'on prend conscience de la vulnérabilité des autres. Il s'agit d'assumer sa folie, docteur, ou de la subir.

Sur ce, il pivote sur ses talons et s'en va, ses lieutenants fermant la marche derrière lui.

Je reste planté au milieu de ma cellule, face à la porte grande ouverte qui donne sur un patio blanc de lumière. Le ricochet des rayons de soleil m'atteint jusque dans le cerveau. J'entends plusieurs voitures démarrer, puis le silence. Je crois rêver, n'ose pas me pincer. Est-ce un autre simulacre ?

Une silhouette s'encadre dans l'embrasure. Je la reconnais tout de suite ; trapue, empâtée, les épaules

tombantes, les jambes courtes et légèrement arquées
– c'est Adel. Je ne sais pas pourquoi, le voyant me
rejoindre au fond de ma nuit, un sanglot m'ébranle de
la tête aux pieds.

— *Ammou ?* fait-il, la voix ravagée.

Il s'avance vers moi, à petits pas, comme s'il s'aven-
turait dans la tanière d'un ours.

— Tonton ? C'est moi, Adel… On m'a dit que tu
me cherchais. Alors, je suis venu.

— Tu en as mis du temps.

— Je n'étais pas à Janin. C'est seulement hier soir
que Zakaria m'a ordonné de rentrer. Je suis arrivé il y
a moins d'une heure. J'ignorais que c'était pour toi.
Qu'est-ce qui se passe, *ammou ?*

— Ne m'appelle pas tonton. Les temps ont changé
depuis que je t'accueillais chez moi et te traitais
comme mon fils.

— Je vois, dit-il en baissant la tête.

— Que peux-tu voir, toi qui n'as pas encore vingt-
cinq ans ? Regarde dans quel état tu m'as mis.

— Je n'y suis pour rien. Personne n'y est pour
quelque chose. Je ne voulais pas qu'elle aille se faire
exploser, mais elle était déterminée. Même l'imam
Marwan n'a pas réussi à l'en dissuader. Elle a dit
qu'elle était palestinienne à part entière et qu'elle ne
voyait pas pourquoi elle laisserait d'autres faire ce
qu'elle devait faire. Je te jure qu'elle ne voulait rien
entendre. Nous lui avions dit qu'elle nous était plus
utile vivante que morte. Elle nous aidait beaucoup à
Tel-Aviv. Nos principales réunions, nous les tenions
dans ta maison. Nous nous déguisions en plombiers
ou bien en électriciens, nous nous amenions avec nos
équipements, dans des fourgons de dépannage pour ne
pas éveiller de soupçons. Sihem mettait son compte

bancaire à notre disposition ; nous y versions l'argent de la Cause. Elle était la cheville ouvrière de notre section à Tel-Aviv…

— Et Nazareth…

— Oui, Nazareth aussi, dit-il sans trouble aucun.

— Et vous teniez où vos réunions, à Nazareth ?

— Pas de réunions, à Nazareth. Je l'y rejoignais pour la quête. Lorsque nous avions fait le tour de nos bien-faiteurs, c'était Sihem qui se chargeait de transporter l'argent jusqu'à Tel-Aviv.

— Et c'est tout ?

— C'est tout.

— Vraiment ?

— C'est-à-dire ?…

— Qu'elle était la nature de vos relations ?

— Militante…

— Seulement militante… Elle a bon dos, la Cause.

Adel se gratte le sommet du crâne. Impossible de savoir s'il est perplexe ou aux abois. La lumière der-rière lui me cache l'expression de son visage.

— Abbas n'est pas de cet avis, je lui dis.

— Qui est-ce ?

— L'oncle à Sihem. Celui qui voulait te fracasser le crâne à coups de pioche, à Kafr Kanna.

— Ah ! le cinglé.

— Il a toute sa tête. Il sait parfaitement ce qu'il fait et ce qu'il dit… Il vous a vus raser les murs de Nazareth.

— Et alors ?

— Il avance qu'il y a des signes qui ne trompent pas.

À cet instant précis, je me fiche de la guerre, des bonnes causes, du ciel et de la terre, des martyrs et de leurs monuments. C'est un miracle si je tiens encore debout. Mon cœur cogne comme un fou dans ma poitrine ; mes tripes baignent dans le jus corrosif de leur propre décomposition. Mes paroles devancent mes angoisses, giclent du fond de mon être telles des flammèches incendiaires. J'ai peur de chaque mot qui m'échappe, peur qu'il me revienne comme un boomerang, chargé de quelque chose qui m'anéantirait sur-le-champ. Mais le besoin d'en avoir le cœur net est plus fort que tout. On dirait que je joue à la roulette russe, que mon destin m'importe peu puisque le moment de vérité va nous départager une fois pour toutes. Je me moque de savoir à partir de quel instant Sihem a sombré dans le militantisme suicidaire, si j'avais fauté quelque part, contribué d'une manière ou d'une autre à sa perte. Tout ça est relégué au second plan. Ce que je veux savoir en premier lieu, ce qui compte le plus au monde à mes yeux, c'est si Sihem me trompait.

Adel finit par me voir venir. Il est outré.

— Qu'est-ce que tu entends par là ? suffoque-t-il... Non, c'est pas possible. On est où, là ?... Est-ce que tu insinues que ?... C'est pas vrai ! Comment oses-tu ?

— Elle m'a bien caché ce qu'elle fomentait.

— Ce n'est pas la même chose.

— C'est la même chose. Quand on ment, on trompe.

— Elle ne t'a pas menti. Je t'interdis...

— Toi, tu oses m'interdire..

— Oui, je te l'interdis, hurle-t-il en se décomprimant tel un ressort. Je ne te permettrai pas de salir sa mémoire. Sihem était une femme pieuse. Et on ne peut pas tromper son mari sans offenser le Seigneur. Ça n'a pas de sens. Quand on a choisi de donner sa vie au bon Dieu, c'est qu'on a renoncé aux choses de la vie, à toutes les choses d'ici-bas sans exception. Sihem était une sainte. Un ange. J'aurais été damné rien qu'en levant trop longtemps les yeux sur elle.

Et je le crois, mon Dieu ! je le crois. Ses paroles me sauvent de mes doutes, de mes souffrances, de moi-même ; je les bois jusqu'à la lie, m'en imprègne absolument. Dans mon ciel, des traînées de nuages noirs s'estompent à une vitesse vertigineuse pour laisser place nette. Un flot d'air s'engouffre en moi, chasse le remugle qui m'empuantissait intérieurement, redonne à mon sang une teinte moins repoussante, plus lumineuse. Mon Dieu ! Je suis *sauf* ; maintenant que je ramène le salut de l'humanité à celui de mon infinitésimale personne, maintenant que mon honneur est épargné, je perds de vue mon chagrin et mes colères et je suis presque tenté de tout pardonner. Mes yeux se gonflent de larmes, mais je ne les laisse pas gâcher cette hypothétique réconciliation avec moi-même, ces retrouvailles intimes que je suis le seul à fêter quelque part dans ma chair et dans mon esprit. Mais c'est trop fort pour un homme écorché ; mes mollets cèdent, et je m'affaisse sur le grabat, la tête dans les mains.

Je ne suis pas prêt pour sortir dans le patio. C'est trop tôt pour moi. Je préfère rester encore un peu dans ma cellule, le temps de me ressaisir, de me situer dans cette suite de révélations qui partent dans tous les sens. Adel s'assied à côté de moi. Son bras hésite longtemps avant de s'enrouler autour de mon cou ; geste qui me répugne, me remue en entier, mais que je ne renie pas. Est-ce du remords ou est-ce de la compassion ? Dans les deux cas de figure, ce n'est pas ce que j'attends. Dois-je attendre vraiment quelque chose d'un homme comme Adel ? Ça m'étonnerait. Nous avons une conception radicalement différente de ce que nous devons attendre les uns des autres. Pour lui, le paradis est au bout de la vie d'un homme ; pour moi, il est au bout de sa main. Pour lui, Sihem était un ange. Pour moi, elle était *ma* femme. Pour lui, les anges sont éternels ; pour moi, ils meurent de nos blessures… Non, c'est à peine si nous avons quelque chose à nous dire. C'est déjà une chance qu'il perçoive ma douleur. Ses sanglots étendent leurs secousses jusqu'au plus profond de mon être. Sans m'en apercevoir, et sans pouvoir le justifier, ma main m'échappe et va consoler la sienne… Ensuite nous avons parlé, parlé, parlé comme si nous avions cherché à conjurer chaque fibre de notre corps. Adel ne venait pas pour ses affaires à Tel-Aviv, mais pour alimenter financièrement la cellule locale de l'Intifada. Il profitait de ma notoriété et de mon hospitalité pour se situer au-dessus des soupçons. C'est par hasard que Sihem avait découvert un cartable dissimulé sous le lit. Des documents et une arme de poing en étaient tombés. Adel avait tout de suite compris, à son retour, que sa cachette venait d'être profanée. Il avait pensé donner l'alerte et s'évanouir dans la nature. Il avait même pensé à tuer pour ne laisser rien au hasard. Il était justement en train d'échafauder la « mort accidentelle » de Sihem quand elle est entrée dans sa chambre avec une liasse de shekels. « C'est pour la Cause », avait-elle dit. Adel a mis des mois avant de consentir à lui faire confiance. Sihem voulait le rejoindre au sein de la résistance. La cellule l'avait mise à l'épreuve, et elle avait été convaincante. Pourquoi ne m'avait-elle rien dit ? *Te dire quoi ? Elle ne pouvait rien te dire, n'en avait pas le droit. Elle ne tenait pas, non plus, à ce que quelqu'un se mette en travers de son chemin. Et puis, ce sont des engagements que l'on tait. On ne crie pas sur les toits des serments censés être observés dans le secret absolu. Mon père et ma mère me croient dans les affaires. Tous les deux attendent que je fasse fortune pour les venger de leur misère. Ils ignorent* tout de mes activités militantes. *Pourtant, ce sont des militants aussi. Ils n'hésiteraient pas à donner leur vie pour la Palestine... mais pas leur enfant. Ce n'est pas normal. Les enfants sont la survivance de leurs parents, ce sont leur petit bout d'éternité... Ils seront inconsolables lorsqu'ils apprendront ma mort. Je mesure pleinement l'immense douleur que je vais leur causer, mais ce ne sera qu'une peine parmi tant d'autres à leur palmarès. Avec le temps, ils finiront bien par faire leur deuil et par me pardonner. Le sacrifice n'incombe pas qu'aux autres. Si nous acceptons que les enfants des autres meurent pour les nôtres, nous devons accepter que nos enfants meurent pour ceux des autres, sinon, ce ne serait pas loyal. Et c'est là que tu n'arrives pas à suivre ammou. Sihem est femme avant d'être la tienne. Elle est morte pour les autres...* Pourquoi elle ?... *Pourquoi pas elle ? Pourquoi veux-tu que Sihem reste en dehors de l'histoire de son peuple ? Qu'avait-elle de plus ou de moins par rapport aux femmes qui s'étaient sacrifiées avant ? C'est le prix à payer pour être libre...* Elle l'était. Sihem était libre. Elle disposait de tout. Je ne la privais de rien. *La liberté n'est pas un passeport que l'on délivre à la préfecture, ammou. Partir où l'on veut n'est pas la liberté. Manger à sa faim n'est pas la réussite. La liberté est une conviction profonde ; elle est mère de toutes les certitudes. Or, Sihem n'était pas tellement sûre d'être digne de sa chance. Vous viviez sous le même toit, jouissiez des mêmes privilèges, mais vous ne regardiez pas du même côté. Sihem était plus proche de son peuple que de l'idée que tu te faisais d'elle. Elle était peut-être heureuse, mais pas suffisamment pour te ressembler. Elle ne t'en voulait pas de prendre pour argent comptant les lauriers avec les-*

quels on te couvrait, mais ce n'était pas dans cette félicité qu'elle voulait te voir car elle lui trouvait une touche indécente, un accent incongru. C'était comme si tu entretenais un barbecue sur une terre brûlée. Tu ne voyais que le barbecue, elle voyait le reste, la désolation qui faussait tes joies tout autour. Ce n'était pas ta faute ; n'empêche, elle ne supportait plus d'assumer ton daltonisme... Je n'ai rien vu venir, Adel. Elle semblait si heureuse... *C'est toi qui voulais tellement la rendre heureuse que tu refusais de considérer ce qui pouvait jeter de l'ombre sur son bonheur. Sihem ne voulait pas de ce bonheur-là. Elle le vivait comme un cas de conscience. La seule manière de s'en disculper était de rejoindre les rangs de la Cause. C'est un cheminement naturel quand on est issue d'un peuple en souffrance. Il n'y a pas de bonheur sans dignité, et aucun rêve n'est possible sans liberté... Le fait d'être femme ne disqualifie pas la militante, ne l'exempte pas. L'homme a inventé la guerre ;* la femme a inventé la résistance. *Sihem était fille d'un peuple qui résiste. Elle était mieux placée pour savoir ce qu'elle faisait... Elle voulait* mériter *de vivre, ammou,* mériter *son reflet dans le miroir,* mériter *de rire aux éclats, pas seulement profiter de ses chances. Moi aussi, je peux me lancer dans les affaires et m'enrichir plus vite qu'Onassis. Mais comment accepter d'être aveugle pour être heureux, comment tourner le dos à soi-même sans faire face à sa propre négation ? On ne peut pas arroser d'une main la fleur qu'on cueille de l'autre ; on ne rend pas sa grâce à la rose que l'on met dans un bocal, on la dénature ; on croit en embellir son salon, en réalité, on ne fait que défigurer son jardin...* Je bute contre la limpidité de sa logique comme un moucheron contre la transparence d'une vitre ; je vois clairement son message, mais impossible d'y accéder. J'essaie de comprendre le geste de Sihem et ne lui trouve ni conscience ni excuse. Plus j'y pense, et moins je l'admets. Comment en est-elle arrivée là. « *Ça peut arriver à n'importe qui*, reconnaissait Naveed. *Ou ça te tombe sur la tête comme une tuile, ou ça s'ancre en toi tel un ver solitaire. Après, tu ne regardes plus le monde de la même manière.* » Sihem devait porter sa haine en elle depuis toujours, bien avant de me connaître. Elle avait grandi du côté des opprimés, orpheline et Arabe dans un monde qui ne pardonne ni à l'une ni à l'autre. Elle a dû courber l'échine très bas, forcément, comme moi, sauf qu'elle n'a jamais pu se relever. Le fardeau de certaines concessions est plus lourd que le poids des ans. Pour aller jusqu'à se bourrer d'explosifs et marcher à la mort avec une telle détermination, c'est qu'elle portait en elle une blessure si vilaine et atroce qu'elle avait honte de me la révéler ; la seule façon de s'en débarrasser était de se détruire avec, comme un possédé qui se jette du haut d'une falaise pour triompher et de sa fragilité et de son démon. C'est vrai qu'elle cachait admirablement ses cicatrices – peut-être avait-elle essayé de les maquiller, sans succès ; il a suffi d'un simple petit déclic pour réveiller la bête qui sommeillait en elle. À partir de quel moment ce déclic a-t-il eu lieu ? Adel ne le lui a pas demandé. Sihem l'ignorait elle-même, probablement. Une exaction de plus à la télé, un abus dans la rue, une insulte perdue ; un rien déclenche l'irréparable lorsque la haine est en soi… Adel parle, parle et fume comme une brute… Je me rends compte que je ne l'écoute plus. Je ne veux plus rien entendre. Le monde qu'il me conte ne me sied pas. La mort y est une fin en soi. Pour un médecin, c'est le comble. J'ai fait revenir tant de patients de l'au-delà que j'ai fini par me prendre pour un dieu. Et lorsqu'un malade me faussait compagnie sur le billard, je redevenais le mortel vulnérable et triste que j'ai toujours refusé d'être. Je ne me reconnais pas dans ce qui tue ; ma vocation se situe du côté de ce qui sauve. Je suis chirurgien. Et Adel me demande d'accepter que la mort devienne une ambition, le vœu le plus cher, une légitimité ; il me demande d'assumer le geste de mon épouse, c'est-à-dire exactement ce que ma vocation de médecin m'interdit jusque dans les cas les plus désespérés, jusqu'à l'euthanasie. Ce n'est pas ce que je cherche. Je ne veux pas être fier d'être veuf, je ne veux pas renoncer au bonheur qui m'a fait mari et amant, maître et esclave, je ne veux pas enterrer le rêve qui m'a fait vivre comme je ne vivrai jamais plus.

Je repousse le sac à mes pieds et me lève.

— Allons-nous-en, Adel.

Il est un peu brusqué d'être interrompu, mais il se lève à son tour.

— Tu as raison, *ammou*. Ce n'est pas le meilleur endroit pour parler de ces choses-là.

— Je ne veux pas en parler du tout. Ni ici ni ailleurs.

Il acquiesce.

— Ton grand-oncle Omr sait que tu es à Janin. Il a demandé à te voir. Si tu n'as pas le temps, c'est pas grave. Je lui expliquerai.

— Il n'y a rien à expliquer, Adel. Je n'ai jamais renoncé aux miens.

— Ce n'est pas ce que je voulais dire.

— Tu as juste pensé à voix haute.

Il esquive mon regard.

— Tu ne veux pas manger un morceau d'abord, prendre un bain ?

— Non. Je ne veux rien de tes amis. Je n'apprécie ni leur cuisine ni leur hygiène. Je ne veux pas de leurs vêtements, non plus, ajouté-je en écartant le sac de mon chemin. Il faut que je retourne à mon hôtel récupérer mes affaires, si toutefois elles n'ont pas été distribuées aux nécessiteux.

La lumière dans le patio m'agresse les yeux, mais le soleil me fait du bien. Les miliciens sont partis. Seul un jeune homme souriant se tient debout à côté d'une voiture poussiéreuse.

— C'est Wissam, dit Adel. Le petit-fils d'Omr.

Le jeune homme me saute au cou et me serre fortement contre lui. En reculant pour le regarder, il se cache derrière son sourire, gêné par les larmes qui remplissent ses yeux. Wissam ! Je l'ai connu braillard dans ses langes, à peine plus grand qu'un poing, et le voilà qui me dépasse d'une tête, la moustache en exergue et un pied déjà dans la tombe à un âge où toutes les dérives sont attendrissantes, sauf celle qu'il s'est choisie. Le revolver dissimulé sous son ceinturon me fend le cœur.

— Tu l'emmènes d'abord à son hôtel, lui ordonne Adel. Il a des affaires à récupérer là-bas. Si le réceptionniste a oublié où il les a mises, tu lui rafraîchis la mémoire.

— Tu ne viens pas avec nous ? s'étonne Wissam.

— Non.

— Tu étais partant, tout à l'heure.

— J'ai changé d'avis

— D'accord. C'est toi qui vois. À demain, peut-être.

— Qui sait ?

Je m'attends à ce qu'il vienne m'enlacer. Adel reste à sa place, la nuque ployée, les mains sur les hanches, à taquiner un caillou avec la pointe de sa chaussure.

— À bientôt, alors, dit encore Wissam.

Adel lève sur moi des yeux pleins d'ombre.

Ce regard !

Le même qu'avait levé sur moi Sihem le matin où je l'avais déposée à la gare routière.

— Je suis vraiment désolé, *ammou*.

— Et moi, donc…

Il n'ose pas m'approcher. De mon côté, je ne l'aide pas, ne vais pas le chercher. Je ne veux pas qu'il se figure des choses ; je tiens à ce qu'il sache que ma blessure est incurable. Wissam m'ouvre la portière, attend que je m'installe et court prendre le volant. La voiture décrit un cercle dans la courette, frôle presque un Adel perclus dans ses pensées et regagne la rue. J'ai envie de revoir ce regard, de l'ausculter ; je ne me retourne pas. Plus bas, la chaussée se ramifie à travers une multitude de venelles. Les bruits de la ville me rattrapent, le remous des foules me grise ; je renverse la tête sur le dossier du siège et essaie de ne penser à rien.

À l'hôtel, on me remet mes affaires et on m'autorise à prendre un bain. Je me rase et me change, ensuite je demande à Wissam de m'emmener voir le pays de mes aïeuls. Nous quittons Janin sans encombre. Les combats ont cessé depuis un certain temps ; une bonne partie de l'armada israélienne s'est retirée. Plusieurs équipes de télévision sillonnent les décombres en quête d'une horreur à rentabiliser. La voiture traverse d'interminables champs avant d'atteindre la route haillonneuse qui mène aux vergers du patriarche. Je laisse mon regard courir sur les plaines comme un enfant courant après ses songes. Mais je ne peux pas m'empêcher de penser à celui d'Adel, aux ombres qui l'enténèbrent. Il m'a laissé une étrange impression, comme un sentiment en berne. Je le revois debout dans ce patio chauffé à blanc. Ce n'est pas l'Adel que j'ai connu, drôle et généreux ; c'est quelqu'un d'autre, quelqu'un de tragique, mû par une ambition de loup qui ne porte jamais plus loin que le prochain repas, la prochaine proie, la prochaine tuerie au-delà de laquelle c'est le néant blanc, vierge, où tout reste en suspens ou à supposer. Il fume sa cigarette comme si c'était la dernière, parle de lui comme s'il n'était plus et porte dans son regard la pénombre des chambres mortuaires. C'est évident, Adel ne relève plus de ce qui est vivant. Il a tourné irrémédiablement le dos aux lendemains auxquels il refuse de survivre comme s'il redoutait qu'ils le déçoivent. Il s'est choisi le statut qui, selon lui, adhérerait le mieux à son profil ; le statut de martyr. C'est ainsi qu'il veut finir, faire corps avec la cause qu'il défend. Les stèles portent déjà son nom, la mémoire des siens est jalonnée de ses faits d'armes. Rien ne l'enchanterait plus qu'un bruit de mitraille ; rien ne l'introniserait plus haut que d'être dans la ligne de mire d'un tireur isolé. S'il n'a rien sur la conscience, s'il ne se reproche aucunement d'avoir initié Sihem au sacrifice suprême, si la guerre est devenue son unique chance d'accéder à l'estime de soi, c'est qu'il est mort lui-même et qu'il n'attend que sa mise en terre pour reposer en paix.

Je pense être arrivé à destination. Le parcours a été terrible, mais je n'ai pas l'impression d'avoir atteint quelque chose, accédé à quelque réponse rédemptrice. En même temps, je me sens délivré ; je me dis que je suis arrivé au bout de mes peines et qu'à partir de là plus rien ne pourra me prendre au dépourvu. Cette douloureuse quête de vérité est mon voyage initiatique, à moi. Vais-je reconsidérer l'ordre des choses désormais, le remettre en question, me repositionner par rapport à lui ? Sûrement, mais je n'aurai pas le sentiment de contribuer à quelque chose de majeur. Pour moi, la seule vérité qui compte est celle qui m'aidera un jour à me reprendre en main et à retrouver mes patients. Car l'unique combat en quoi je crois et qui mériterait vraiment que l'on *saigne* pour lui est celui du chirurgien que je suis et qui consiste à réinventer la vie là où la mort a choisi d'opérer.

16

Omr, doyen de la tribu, dernier souffle d'une épopée qui a bercé nos veillées d'antan... Omr, mon grand-oncle, celui-là même qui a traversé le siècle comme une étoile filante, si vif que ses vœux n'ont jamais pu le rattraper... Il est là, dans la cour du patriarche, et il me sourit. Il est heureux de me revoir. Son visage raviné de rides sévères frémit d'une joie si poignante qu'on dirait celle d'un gosse retrouvant son père après une longue éclipse. Plusieurs fois *haj*, il a connu la gloire, les honneurs et bien des pays et a chevauché des pur-sang légendaires à travers des contrées exaltées. Il a guerroyé dans les troupes de Lawrence d'Arabie – « cet Ibliss blafard venu de pays brumeux soulever les Bédouins contre les Ottomans et semer la discorde parmi les mahométans » –, servi dans la garde prétorienne du roi Ibn Séoud avant de s'éprendre d'une odalisque et fuir avec elle la péninsule. L'errance, puis la déchéance eurent raison de son couple. Abandonné par son égérie, il a traîné ses guêtres de principauté en sultanat en quête d'opportunité à féconder, brigandé çà et là ensuite, il s'est converti en trafiquant d'armes à Sanaa, en marchand de tapis à Alexandrie avant d'être grièvement blessé en défendant El Qods en 1947. Je l'ai connu claudiquant à cause de la balle dans son genou, puis arc-bouté sur une canne à la suite d'un infarctus contracté le jour où il a vu des bulldozers israéliens dévaster les vergers du patriarche au profit d'une colonie juive. Aujourd'hui, je le retrouve terriblement diminué, le visage cadavéreux et le regard fané ; à peine un fagot d'os oublié sur une chaise roulante.

J'ai baisé sa main et me suis agenouillé à ses pieds. Ses doigts effilés ont fourragé dans mes cheveux tandis qu'il tentait de retrouver son souffle pour me dire combien mon retour au bercail le comble de bonheur. J'ai reposé ma tête contre sa poitrine, comme jadis lorsque, enfant gâté, je venais pleurer les faveurs que l'on me refusait.

— Mon docteur, chevrote-t-il, mon docteur…

Faten, sa petite-fille de trente-cinq ans, est à côté de lui. Je ne l'aurais pas reconnue dans la rue. Ça fait si longtemps. Je l'avais laissée gamine effarouchée, toujours à chercher noise à ses cousins avant de déguerpir comme si elle avait le diable aux trousses. Les nouvelles qui me parvenaient sporadiquement à Tel-Aviv la présentent comme une malchanceuse. Les mauvaises langues la surnomment la Veuve vierge. Faten a bougrement manqué de pot. Son premier mari est mort dans le cortège nuptial qui a tourné court à la suite d'une malencontreuse crevaison ; son deuxième fiancé a été tué au cours d'un accrochage avec une patrouille israélienne deux jours avant la nuit de noces. Immédiatement, les mégères l'ont soupçonnée de damnation et plus aucun prétendant n'a frappé à sa porte. C'est une fille costaude et rustre, forgée dans les corvées domestiques et l'austérité des hameaux enclavés. Son accolade est robuste et son baiser sonore.

Wissam me débarrasse de mon sac, ensuite, quand le doyen consent à me lâcher la main, il m'emmène me montrer ma chambre. J'ai dormi avant que ma tête touche l'oreiller. Vers le soir, il revient me réveiller. Faten et lui ont dressé la table sous la treille. Ils n'ont pas lésiné sur les moyens. Le doyen est assis au bout de la table, tassé sur sa chaise roulante ; ses yeux ne me quittent pas une seconde ; il est aux anges. Nous dînons tous les quatre en plein air. Wissam nous raconte des cocasseries du front jusque tard dans la nuit. Omr riait du bout des yeux, le menton rabattu sur la gorge. Wissam est un sacré numéro ; j'ai du mal à croire qu'un garçon timide comme lui puisse développer un humour aussi désopilant.

Je rejoins ma chambre ivre de ses récits.

Le matin, à l'heure où la nuit retrousse ses ourlets sur les premiers attouchements du jour, je suis debout. J'ai dormi comme un enfant. J'ai peut-être fait de beaux rêves, mais je n'en ai retenu aucun. Je me sens frais, épuré. Faten a déjà sorti le doyen dans le patio ; je le vois par la fenêtre, hiératique sur son trône, semblable à un totem convalescent. Il attend que le soleil se lève. Faten a fini de préparer des galettes. Elle me sert le petit déjeuner dans le salon ; du café au lait, des olives et des œufs durs, des fruits de saison et des tartines beurrées trempées dans du miel. Je mange seul, Wissam étant encore couché. Faten vient de temps à autre vérifier si je ne manque de rien. Après le repas, je rejoins Omr dans le patio. Il me serre fortement la main quand je me penche pour lui baiser le haut du front. S'il ne dit pas grand-chose, c'est pour savourer en entier chaque instant que je lui offre. Faten va dans le poulailler donner à manger aux poussins. Chaque fois qu'elle passe devant moi, elle m'adresse le même sourire. Malgré la rudesse de la ferme et la cruauté du sort, elle se cramponne. Son regard est aride, ses gestes sans grâce, mais son sourire garde jalousement une tendresse pudique.

— Je vais faire un tour, dis-je à Omr. Qui sait ? je pourrais retrouver mon bouton en cuivre que j'avais perdu par ici il y a plus de quarante ans.

Omr dodeline de la tête en oubliant de me lâcher la main. Ses vieux yeux rongés par les vents de sable et les infortunes luisent comme des joyaux souillés.

Je coupe à travers le potager, m'enfonce dans un reste de verger aux arbres squelettiques, en quête de mes chemins d'enfant. Les sentiers de naguère ont disparu, mais les chèvres en ont tracé d'autres, moins inspirés peut-être, mais tout aussi insouciants. J'aperçois la colline à partir de laquelle je m'élançais à l'assaut des quiétudes. La cabane où mon père avait aménagé son atelier s'est effondrée ; une paroi refuse d'abdiquer, mais le reste n'est que ruines que les averses ont complètement terrassées. J'arrive devant le muret derrière lequel, avec une ribambelle de cousins, on peaufinait des embuscades contre des armées invisibles. Un pan a rompu d'un côté, livrant ses entrailles aux mauvaises herbes. C'est à cet endroit précis que ma mère avait enterré mon chiot, mort-né. J'avais un tel chagrin qu'elle avait pleuré avec moi. Ma mère… une âme charitable qui s'évanouit au large des souvenirs ; un amour perdu à jamais dans la rumeur des âges. Je m'assois sur un gros caillou et je me souviens. Je n'étais pas fils de sultan, mais c'est un prince que je revois, les bras déployés en ailes d'oiseau, survolant la misère du monde comme une prière les champs de bataille, comme un chant le silence de ceux qui n'en peuvent plus.

Le soleil maintenant atteint mes pensées. Je me lève et gravis la colline que veillent quelques arbres hirsutes. J'escalade un talus, monte sur la crête ; c'était mon mirador, au temps des guerres heureuses. Autrefois, lorsque je me dressais là, mon regard portait si loin qu'avec un petit peu de concentration, je pouvais entrevoir le bout du monde. Aujourd'hui, surgie d'on ne sait quel dessein pernicieux, une muraille hideuse s'insurge incongrûment contre mon ciel d'autrefois, si obscène que les chiens préfèrent lever la patte sur les ronces plutôt qu'à ses pieds.

— Sharon est en train de lire la Torah à l'envers, dit une voix dans mon dos.

Un vieillard drapé dans une robe décolorée mais propre se tient derrière moi. Appuyé sur un gourdin, la mine déconfite et la crinière chenue, il toise le rempart occultant l'horizon. On dirait Moïse devant le Veau d'or.

— Le Juif erre parce qu'il ne supporte pas les murs, dit-il sans me prêter attention. Ce n'est pas un hasard s'il a élevé un rempart pour se lamenter dessus. Sharon est en train de lire la Torah à l'envers. Il croit préserver Israël de ses ennemis et ne fait que l'enfermer dans un autre ghetto, moins terrifiant certes mais tout aussi injuste…

Il se retourne enfin vers moi.

— Pardon de vous déranger. Je vous ai vu arriver par le sentier et j'ai cru voir un vieil ami qui n'est plus à l'ordre du jour depuis une décennie et qui me manque. Vous avez sa silhouette, sa démarche et, maintenant que je vous vois de plus près, un peu de ses traits. Ne seriez-vous pas Amine, le fils de Redouane le peintre ?

— C'est exact.

— J'en étais sûr. C'est fou comme vous lui ressemblez. Un moment, je vous ai pris pour son fantôme.

Il me tend une main flétrie.

— Mon nom est Shlomi Hirsh, mais les Arabes m'appellent Zeev l'Ermite. À cause d'un ascète de naguère. J'habite le gourbi, là-bas, derrière les orangers. Avant, je travaillais comme négociant auprès de votre patriarche. Depuis qu'il a perdu ses terres, je me suis converti en charlatan. Tout le monde sait que je n'ai pas plus de pouvoir que les poulets que j'immole sur l'autel des peines perdues, mais personne ne semble en avoir cure. On vient encore me commander des miracles que je ne suis pas près de livrer. Je promets des jours meilleurs pour quelques malheureux shekels ; comme ce n'est pas assez pour faire mon bonheur, aucun client ne me tient rigueur lorsque je tape à côté.

Je lui serre la main.

— Est-ce que je vous dérange ?

— Plus maintenant, l'assuré-je.

— Très bien. On traîne rarement par ici, ces derniers temps. À cause du Mur. Il est vraiment affreux, ce Mur, n'est-ce pas ? Comment peut-on construire de pareilles horreurs ?

— Les horreurs ne relèvent pas uniquement de l'infrastructure.

— C'est juste, mais là, franchement, on aurait pu trouver mieux. Un Mur ? Qu'est-ce que ça signifie ? Le Juif est né libre comme le vent, imprenable comme le désert de Judée. S'il a omis de délimiter sa patrie au point qu'on a failli la lui confisquer, c'est parce qu'il a longtemps cru que la Terre promise était d'abord celle où aucun rempart n'empêche son regard de porter plus loin que ses cris.

— Et les cris des autres, qu'en fait-il ?

Le vieillard baisse la tête.

Il ramasse un bout de terre et l'effrite entre ses doigts.

— *Tous ces sacrifices pour moi, à quoi bon ? dit Yhwh, ils m'écœurent.*

— Isaïe, 1, 11, dis-je.

Le vieillard sourcille, admiratif.

— Bravo.

— *Comment a-t-elle fini putain la ville indéfectible où le droit fleurissait ?* je lui récite. *La justice va loger à l'enseigne des assassins.*

— *Mon peuple mis au pas par les déboussolés qui brouillent le sens de ton trajet.*

— *Le brasier se nourrit du peuple. Nul n'épargne son frère. Ça taille à droite et ça réclame ; ça mord à gauche et ça veut plus, ça mord la chair de sa semence.*

— *Et lorsque le Maître en aura terminé avec la montagne de Sion et Jérusalem, je m'occuperai des fruits du cœur enflé du roi d'Assour, et de son beau regard hautain.*

— Et Sharon n'aura qu'à bien se tenir, *amen !*

Nous éclatons de rire.

— Tu m'en bouches un coin, là, avoue-t-il. Où tu as appris ces versets d'Isaïe ?

— Tout Juif de Palestine est un peu arabe et aucun Arabe d'Israël ne peut prétendre ne pas être un peu juif.

— Tout à fait d'accord avec toi. Alors, pourquoi tant de haine dans une même consanguinité ?

— C'est parce que nous n'avons pas compris grand-chose aux prophéties ni aux règles élémentaires de la vie.

Il opine du chef, triste.

— Alors, qu'est-ce qu'il y a lieu de faire ? s'enquiert-il.

— D'abord rendre sa liberté au bon Dieu. Depuis le temps qu'il est l'otage de nos bigoteries.

Une voiture arrive de la ferme, une longue traînée de poussière derrière elle.

— C'est sûrement pour toi, m'avertit le vieillard. Moi, c'est toujours à dos d'âne que l'on vient me trouver.

Je lui tends la main, le salue et dévale le flanc du tertre en direction de la piste carrossable.

Il y a foule dans la maison du patriarche. Tante Najet en personne est là ; elle était chez sa fille à Tubas et est rentrée dès qu'elle a eu vent de mon retour au bercail. À quatre-vingt-dix ans, elle n'a pas fléchi d'un cran. Toujours solidement campée sur ses jambes, l'œil pétillant et le geste précis. C'est notre mère à tous, la plus jeune épouse et l'unique veuve du patriarche. Lorsque ma mère voulait me gronder, je n'avais qu'à crier son nom pour être épargné… Elle pleure dans ma chemise. D'autres cousins, oncles, neveux, nièces et parentes attendent patiemment leur tour de m'embrasser. Personne ne m'en veut d'être parti loin et d'y être resté longtemps. Tous sont contents de me découvrir, de me récupérer le temps d'une accolade ; tous me pardonnent de les avoir ignorés des années durant, d'avoir préféré les buildings étincelants aux collines poussiéreuses, les grands boulevards aux sentiers de chèvres, le clinquant illusoire aux choses simples de la vie. À voir tout ce monde m'aimer et n'avoir à lui offrir en partage qu'un sourire, je mesure combien je me suis appauvri. En tournant le dos à ces terres chahutées et muselées, j'ai pensé rompre les amarres. Je ne voulais pas ressembler aux miens, subir leurs misères et me nourrir de leur stoïcisme. Je me souviens que je n'arrêtais pas de trotter derrière mon père qui, la toile en bouclier et le pinceau érigé en fer de lance, s'entêtait à traquer sa licorne à travers un pays où les légendes rendent triste. Chaque fois qu'un marchand d'art lui faisait non de la tête, il nous effaçait tous les deux. C'était monstrueux. Mon père ne baissait pas les bras, persuadé qu'il allait finir par provoquer le miracle. Ses échecs m'enrageaient ; sa persévérance me forcissait. C'est pour ne pas dépendre d'un banal mouvement de tête que j'ai renoncé aux vergers de grand-père, à mes jeux d'enfant, jusqu'à ma mère ; c'était, me semblait-il, la seule façon de faire de mon destin une épopée puisque toutes les autres me disqualifiaient d'office…

Wissam a égorgé trois moutons pour nous gratifier d'un méchoui digne des grands jours. Les retrouvailles sont émouvantes ; je tiens difficilement sur mes mollets. Toute une époque revient au galop, superbe comme une fantasia. On me présente des bambins effarouchés, de nouvelles alliances, de futurs proches. Des voisins rappliquent, d'anciennes connaissances, des amis de mon père et de vieux galopins. La fête bat son plein jusqu'aux aurores.

Au quatrième jour, la maison du patriarche recouvre sa quiétude. Faten reprend les choses en main. Tante Najet et le doyen passent leurs journées dans le patio, à regarder le ballet des moustiques par-dessus le potager. Wissam nous demande la permission de retourner à Janin. Un coup de fil l'a rappelé à l'ordre. Il emballe son paquetage, embrasse les vieux, sa sœur Faten. Avant de nous quitter, il me dit combien il est chanceux de m'avoir connu *à temps*. Je n'ai pas saisi le sens de *à temps* ; je n'ai pas été tranquille en le voyant partir – quelque chose, dans son regard, m'a rappelé Sihem à la gare routière et Adel perclus dans la courette caillouteuse, à Janin.

Je ne regrette pas cette escale parmi les miens. Leur chaleur me réconforte, leur générosité me rassure. Je partage mes journées entre la ferme, à tenir compagnie au doyen et à *hajja* Najet, et la colline où je retrouve le vieux Zeev et ses histoires hilarantes sur la crédulité des petites gens.

Zeev est un personnage fascinant, un peu fou mais sage, une sorte de saint en rupture de ban qui préfère prendre les choses comme elles viennent, en vrac d'abord avant de procéder à leur tri, comme on prend le train en marche sous prétexte que toute découverte participe à enrichir l'être même appelé vers des destins incléments. Si ça ne tenait qu'à lui, il troquerait volontiers son bâton de Moïse contre un balai de sorcière et s'amuserait à rendre ses sortilèges aussi thérapeutiques que les miracles promis aux damnés qui viennent implorer sa miséricorde en faisant passer son dénuement à lui pour de l'abstinence et sa marginalisation pour de l'ascèse. J'ai beaucoup appris sur les gens et sur moi-même, auprès de lui. Son humour atténue le fardeau des vicissitudes, sa sobriété tient à distance les méfaits d'une réalité oublieuse de ses promesses, tueuse de ses espérances. Il me suffit de l'écouter pour faire le vide dans mes soucis. Lorsqu'il se lance dans ses théories torrentielles sur la furie des hommes et leurs vanités, plus rien ne le retient ; il emporte tout sur son passage, moi en premier. « La vie d'un homme vaut beaucoup plus qu'un sacrifice, aussi suprême soit-il », avoue-t-il en soutenant mon regard. « Car la plus grande, la plus juste, la plus noble des Causes sur terre est le droit à la vie… » Un régal, cet homme. Il a le talent de ne pas se laisser déborder par les événements, la décence de ne pas céder au siège des infortunes. Son empire ? Le gourbi où il habite. Son festin ? Le repas qu'il partage avec les êtres qu'il apprécie. Sa gloire ? Une simple pensée dans le souvenir de ceux qui vont lui survivre.

Nous conversons des heures entières sur le faîte de la colline, assis sur un gros caillou, dos au Mur et obstinément tournés vers les quelques vergers qui subsistent encore sur le territoire tribal…

C'est en prenant congé de lui, un soir, que le malheur me rattrape :

Des femmes en noir encombrent le patio. Faten se tient à l'écart, la tête dans les mains. Les sanglots estoquent les gémissements, remplissant la ferme de mauvais présages. Quelques hommes bavardent près du poulailler ; des parents, des voisins.

Je cherche le doyen, ne le vois nulle part.

Est-ce lui qui est mort ?…

— Il est dans sa chambre, me dit un cousin. Hajja est auprès de lui. Il a très mal encaissé la nouvelle…

— Quelle nouvelle ?…

— Wissam… Il est tombé au champ d'honneur, ce matin. Il a bourré sa voiture d'explosifs et il a foncé sur un poste de contrôle israélien…

Les soldats investissent le verger au lever du jour. Ils débarquent dans des engins grillagés, cernent la maison du patriarche. Un porte-char transportant un bulldozer suit de près. L'officier demande à voir le doyen. Omr étant souffrant, c'est moi qui le représente. L'officier m'apprend que suite à l'opération kamikaze perpétrée par Wissam Jaafari contre un checkpoint et conformément aux instructions qu'il a reçues de sa hiérarchie, nous avons une demi-heure pour évacuer la demeure et lui permettre de procéder à sa destruction.

— Comment ça ? protesté-je. Vous allez détruire la maison ?

— Il vous reste vingt-neuf minutes, monsieur.

— Pas question. Nous ne vous laisserons pas détruire notre maison. Qu'est-ce que c'est que cette histoire ? Ils vont aller où, les gens qui habitent ici ? Il y a deux vieillards presque centenaires qui essaient tant bien que mal de s'acquitter correctement des quelques jours qui leur restent. Vous n'avez pas le droit... Ici, c'est la maison du patriarche, le repère le plus important de la tribu. Vous allez dégager d'ici, et tout de suite.

— Vingt-huit minutes, monsieur.

— Nous resterons à l'intérieur. Nous ne bougerons pas d'ici.

— Ce n'est pas mon problème, dit l'officier. Mon bulldozer est aveugle. Quand il fonce, il va jusqu'au bout. Vous êtes prévenus.

— Viens, me dit Faten en me tirant par le bras. Ces gens n'ont pas plus de cœur que leur engin. Sauvons ce que nous pouvons et partons d'ici.

— Mais ils vont détruire la maison, m'écrié-je.

— C'est quoi une maison quand on a perdu un pays, soupire-t-elle.

Des soldats font descendre le bull du porte-char. D'autres tiennent en respect les voisins qui commencent à arriver. Faten aide le doyen à s'entasser sur sa chaise roulante et le met à l'abri dans la cour. Najet ne veut rien emporter avec elle. Ce sont les affaires de la maison, dit-elle. Comme dans les temps anciens, on enterrait les seigneurs avec leurs biens. Cette maison mérite de garder les siens. C'est une mémoire qui s'éteint avec ses rêves et ses souvenirs.

Les soldats nous obligent à nous tenir loin du chantier. Sur un tertre teigneux. Omr est effondré dans sa chaise – je crois qu'il ne se rend pas compte de ce qui se passe ; il regarde l'agitation autour de lui sans vraiment la remarquer. Hajja Najet se veut digne debout derrière lui, Faten à sa gauche, moi à droite. Le bulldozer barrit en rejetant un épais nuage de sa cheminée. Ses chenilles d'acier déchirent férocement le sol en pivotant sur elles-mêmes. Les voisins contournent le cordon de sécurité délimité par les soldats et nous rejoignent en silence. L'officier ordonne à un groupe de ses hommes de vérifier qu'il ne reste plus personne à l'intérieur de la demeure. Après s'être assuré que la maison est vide, il fait signe au conducteur du bull. Au moment où le muret de la clôture s'écroule, une colère se déchaîne en moi et me lance contre l'engin. Un soldat se met en travers de mon chemin ; je le bouscule et me rue sur le monstre en train de dévaster mon histoire. « Arrêtez », crié-je… « Arrêtez », me somme l'officier. Un autre soldat m'intercepte ; son coup de crosse m'atteint à la mâchoire et je m'affaisse telle une tenture que l'on décroche.

Je suis resté toute la journée sur le tertre, à contempler le tas de décombres qui fut, sous un ciel étincelant, il y a des années-lumière, mon château de petit prince aux pieds nus. Mon arrière-grand-père l'avait bâti de ses mains, pierre après pierre ; plusieurs générations y sont écloses, les yeux plus grands que l'horizon ; plusieurs espérances ont butiné dans ses jardins. Il a suffi d'un bull pour réduire en poussière, en quelques minutes, l'éternité entière.

Vers le soir, tandis que le soleil se barricade derrière le Mur, là-bas, un cousin vient me chercher.

— Ça ne sert à rien de rester là, me dit-il. Ce qui est fait est fait.

Hajja Najet est retournée chez sa fille, à Tubas.

Le doyen a trouvé refuge chez un arrière-petit-fils, dans un hameau non loin des vergers.

Faten s'est emmurée dans un mutisme impénétrable. Elle a choisi de rester auprès du doyen, dans le taudis de l'arrière-petit-fils. Elle s'est toujours occupée du vieillard et sait combien cette tâche est exigeante. Sans elle, Omr ne tiendrait pas le coup. Les autres le soigneraient les premiers temps, puis finiraient par le négliger. C'est pourquoi Faten a préféré vivre dans la maison du patriarche. Omr était son bébé, à elle. Mais depuis que le bull s'est retiré, il a emporté l'âme de Faten avec lui. C'est une femme dévitalisée qui est là, hagarde et silencieuse ; une ombre qui s'oublie dans une encoignure en attendant la nuit pour s'y confondre. Un soir, elle est retournée à pied dans le verger sinistré, les cheveux dans le dos – elle qui ne savait pas se défaire de son foulard –, et elle est restée debout la nuit entière devant les décombres sous lesquelles gisait l'essentiel de son existence. Elle a refusé de me suivre quand je suis allé la chercher. Pas une larme n'a roulé de ses yeux vides, de son regard vitreux, de ce regard qui ne trompe pas et que j'ai appris à redouter. Le lendemain, plus de trace de Faten. Nous avons remué ciel et terre pour la retrouver ; volatilisée. Me voyant ameuter les hameaux voisins, et de crainte que les choses ne s'enveniment, l'arrière-petit-fils me prend à part et m'avoue :

— C'est moi qui l'ai conduite à Janin. Elle a beaucoup insisté. De toutes les façons, personne n'y peut grand-chose. Ça a toujours été ainsi.

— Qu'es-tu en train de me dire ?

— Rien…

— Pourquoi elle est allée à Janin, et chez qui ?

L'arrière-petit-fils d'Omr hausse les épaules.

— Ce sont des choses que les gens comme toi ne comprennent pas, me dit-il en s'éloignant.

C'est alors que je comprends.

Je prends un taxi et retourne à Janin, surprends Khalil chez lui. Il croit que je suis venu régler des comptes avec lui. Je le calme. Je cherche seulement à joindre Adel. Adel arrive aussitôt. Je lui fais part de la disparition de Faten, de mes soupçons quant aux raisons de cette fugue.

— Aucune femme n'a rejoint nos rangs cette semaine, me confirme-t-il.

— Essaie de voir du côté du Jihad islamique ou des autres phalanges.

— Ce n'est pas la peine… Déjà on a du mal à s'entendre sur l'essentiel. Et puis, on n'a pas de comptes à se rendre. Chacun mène sa guerre sainte comme il l'entend. Si Faten est quelque part, inutile d'essayer de la rattraper. Elle est majeure et parfaitement libre de faire ce qu'elle veut de sa vie. Et de sa mort. Il n'y a pas deux poids et deux mesures, *docteur*. Quand on accepte de prendre les armes, on doit accepter que les autres en fassent autant. Chacun a droit à sa part de gloire. On ne choisit pas son destin, mais c'est bien de choisir sa fin. C'est une façon démocratique de dire merde à la fatalité.

— Je t'en supplie, retrouve-la.

Adel hoche la tête, navré :

— Tu continues à ne rien comprendre, *ammou*. Je dois filer, maintenant. Cheikh Marwan va arriver d'un moment à l'autre. Il donne un prêche dans une petite heure à la mosquée du quartier. Tu devrais l'écouter…

C'est ça, pensé-je : Faten est probablement à Janin pour recevoir la bénédiction du cheikh.

La mosquée est pleine à craquer. Des cordons de miliciens protègent le sanctuaire Je me positionne au coin de la rue et surveille l'aile réservée aux femmes. Les retardataires se dépêchent de rejoindre la salle de prières par une porte dérobée dans le dos de la mosquée, les unes emmitouflées dans des robes noires, d'autres voilées de foulards aux couleurs vives. Pas de Faten en vue. Je contourne un pâté de maisons pour m'approcher de la porte dérobée où une grosse dame monte la garde. Elle est scandalisée de me voir sur cette partie du sanctuaire où même les miliciens n'osent pas se manifester, par pudeur.

— Ça se passe de l'autre côté pour les hommes, me lance-t-elle.

— Je sais, ma sœur, mais j'ai besoin de parler à ma nièce, Faten Jaafari. C'est urgent.

— Le cheikh est déjà sur le minbar.

— Je suis désolée, ma sœur ; il faut que je parle à ma nièce.

— Je vais faire comment pour la joindre ? s'énerve-t-elle. Il y a des centaines de femmes à l'intérieur, et le cheikh va commencer son prêche. Je ne vais quand même pas lui prendre le micro. Revenez après la prière.

— Est-ce que vous la connaissez, ma sœur, est-ce qu'elle est ici ?

— Quoi ? Vous n'êtes même pas sûr qu'elle soit ici, et vous venez nous casser les pieds à un moment pareil. Allez-vous-en, sinon j'appelle les miliciens.

Je dois attendre la fin du prêche.

Je retourne dans mon coin, à l'angle de la rue, de façon à ne pas perdre de vue la mosquée et l'aile réservée aux femmes. La voix envoûtante de l'imam Marwan retentit dans le haut-parleur, souveraine dans le silence sidéral qui plane sur le quartier. C'est pratiquement le même discours entendu dans le taxi

clandestin pris à Bethléem. De temps à autre, un brouhaha enthousiaste salue les envolées lyriques de
l'orateur…

Une voiture s'arrête en catastrophe devant la mosquée ; deux miliciens en descendent en agitant leur talkie-walkie. Ça a l'air sérieux. L'un des arrivants
montre le ciel d'un doigt fébrile. Les autres se concer-
tent avant d'aller chercher un responsable ; c'est
l'homme à la veste de parachutiste, mon geôlier. Il
porte des jumelles à ses yeux et scrute le ciel pendant
plusieurs minutes. Un remous se déclenche autour du
sanctuaire. Des miliciens se mettent à courir dans tous
les sens ; trois d'entre eux arrivent sur moi, me
dépassent en haletant.. « Si on ne voit pas d'hélico,
c'est qu'il s'agit d'un drone », suppose l'un d'eux. Je
les regarde remonter la rue à toute vitesse. Une autre
voiture freine devant la mosquée. Les occupants crient
quelque chose à l'homme à la veste de parachutiste,
font marche arrière dans un vrombissement inquiétant
et filent vers la place. Le prêche est interrompu. Quelqu'un s'empare du micro et demande aux fidèles de
garder leur calme, car il pourrait s'agir d'une fausse
alerte. Deux 4×4 rappliquent en trombe. Des fidèles
commencent à évacuer la mosquée. Je m'aperçois
qu'ils me cachent l'aile réservée aux femmes. Je ne
peux pas contourner le pâté de maisons sans risquer de
louper Faten au cas où elle sortirait à son tour par la
porte dérobée. Je décide de passer devant la porte principale, de fendre la foule et de déboucher directement
sur le côté des femmes… « Écartez-vous, s'il vous
plaît », crie un milicien. « Laissez passer le cheikh… »
Les fidèles se donnent du coude pour voir le cheikh de
plus près, effleurer un pan de son kamis. Un ressac me
soulève au milieu de la cohue lorsque l'imam apparaît

sur le seuil de la mosquée. J'essaie de me dégager des corps en transe qui me broient, sans succès. Le cheikh s'engouffre dans son véhicule, agite une main derrière la vitre blindée tandis que ses deux gardes du corps prennent place à ses côtés... Puis plus rien. Quelque chose zèbre le ciel et fulgure au milieu de la chaussée, semblable à un éclair ; son onde de choc m'atteint de plein fouet, disloquant l'attroupement qui me retenait captif de sa transe. En une fraction de seconde, le ciel s'effondre, et la rue, un moment engrossée de ferveur, se retrouve sens dessus dessous. Le corps d'un homme, ou bien d'un gamin, traverse mon vertige tel un flash obscur. Qu'est-ce que c'est ?... Une crue de poussière et de feu vient de me happer, me catapultant à travers mille projectiles. J'ai le vague sentiment de m'effilocher, de me dissoudre dans le souffle de l'explosion... À quelques mètres, le véhicule du cheikh flambe. Deux spectres ensanglantés essaient de soustraire l'imam à son brasier. À mains nues, ils décortiquent la ferraille incandescente, brisent les vitres, s'acharnent sur les portières. Je n'arrive pas à me relever... Les ululements d'une ambulance... Quelqu'un se penche sur moi, ausculte sommairement mes plaies et s'éloigne sans se retourner. Je le vois s'accroupir devant un amas de chair carbonisée, lui tâter le pouls puis faire signe à des brancardiers. Un autre homme vient prendre mon poignet avant de le laisser tomber... « Celui-là est fichu... » Dans l'ambulance qui m'emmène, ma mère me sourit. Je veux tendre ma main vers son visage ; rien en moi n'obéit. J'ai froid, j'ai mal, j'ai de la peine. L'ambulance s'engouffre dans la cour de l'hôpital en mugissant ; les portières s'écartent sur des brancardiers ; on me soulève et on me dépose dans un couloir, à même le sol. Des infirmières m'enjambent en courant dans tous les sens. Des chariots passent et repassent dans un ballet vertigineux, chargés de blessés et d'horreur. J'attends patiemment que l'on vienne s'occuper de moi. Je ne comprends pas pourquoi personne ne s'attarde à mon chevet ; on s'arrête, on me regarde et on s'en va ; ce n'est pas normal. D'autres corps sont alignés de part et d'autre du mien. Certains ont rassemblé des proches, déclenchant des pleurs et des hurlements chez les femmes. D'autres sont méconnaissables ; on n'arrive pas à les identifier. Seul un vieillard s'agenouille devant moi. Il évoque le nom du Seigneur, porte sa main sur mon visage, baisse mes paupières. D'un coup, toutes les lumières et tous les bruits du monde s'estompent. Une peur absolue me saisit. Pourquoi me ferme-t-il les yeux ?... C'est en n'arrivant pas à les rouvrir que je comprends : C'est donc ça ; c'est fini, *je ne suis plus...*

Dans un ultime sursaut, je veux me reprendre en main ; pas une fibre ne frémit en moi. Il n'y a plus que cette rumeur cosmique qui bourdonne, m'investit cran par cran, me néantise déjà... Puis, soudain, au tréfonds des abysses, une lueur infinitésimale... Elle frétille, approche, se silhouette lentement ; c'est un enfant... qui court ; sa foulée fantastique fait reculer les pénombres et les opacités... *Cours*, lui crie la voix de son père, *cours...* Une aurore boréale se lève sur les vergers en fête ; les branches se mettent aussitôt à bourgeonner, à fleurir, à ployer sous leurs fruits. L'enfant longe les herbes folles et fonce sur le Mur qui s'effondre telle une cloison en carton, élargissant l'horizon et exorcisant les champs qui s'étalent sur les plaines à perte de vue... *Cours...* Et il court, l'enfant, parmi ses éclats de rires, les bras déployés comme les ailes des oiseaux. La maison du patriarche se relève de ses ruines ; ses pierres s'époussettent, se remettent en place dans une chorégraphie magique, les murs se redressent, les poutres au plafond se recouvrent de tuiles ; la maison de grand-père est debout dans le soleil, plus belle que jamais. L'enfant court plus vite que les peines, plus vite que le sort, plus vite que le temps… *Et rêve*, lui lance l'artiste, *rêve que tu es beau, heureux et immortel…* Comme délivré de ses angoisses, l'enfant file sur l'arête des collines en battant des bras, la frimousse radieuse, les prunelles en liesse, et s'élance vers le ciel, emporté par la voix de son père : *On peut tout te prendre ; tes biens, tes plus belles années, l'ensemble de tes joies, et l'ensemble de tes mérites, jusqu'à ta dernière chemise – il te restera toujours tes rêves pour réinventer le monde que l'on t'a confisqué.*

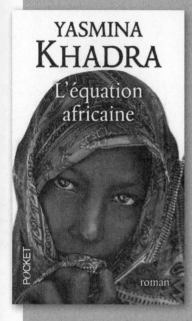

YASMINA
KHADRA

L'équation
africaine

roman

POCKET

« *Une peinture
saisissante d'une
Afrique complexe,
généreuse autant
que sauvage.* »

*Psychologies
Magazine*

Yasmina KHADRA
L'ÉQUATION
AFRICAINE

Kurt Kausman, bouleversé par la mort de sa femme,
n'est plus que l'ombre de lui-même. Entraîné presque
malgré lui dans une expédition humanitaire, il espère
enfin se reconstruire. Au large du Soudan, il est pris
en otage par des pirates. C'est privé de liberté qu'il va
découvrir le vrai visage de l'Afrique...

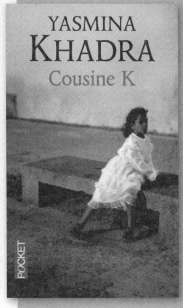

YASMINA **KHADRA**
Cousine K

POCKET

Quand l'amour tourne à l'obsession...

Yasmina KHADRA

COUSINE K

Hanté par la mort de son père, ignoré par sa mère et cruellement privé d'un frère adoré, un jeune Algérien développe un amour obsessionnel pour sa cousine, à la fois proche et tellement inaccessible... Entre les deux adolescents naît une relation de victime à bourreau. Mais l'humiliation mène au désir de vengeance...

YASMINA
KHADRA
L'Olympe
des infortunes

« (...) *une fable
incandescente
et rugueuse sur
le monde qui
nous entoure.* »

Pierre Vavasseur
*Le Parisien /
Aujourd'hui en France*

Yasmina KHADRA

L'OLYMPE DES
INFORTUNES

C'est une bande de terre entre le chaos de la ville et
le silence de la mer. Le royaume des laissés-pour-
compte. Là règnent les oubliés volontaires, ceux
qui fuient et chantent le bonheur d'être hors du
monde. Ici comme ailleurs, la vie suit son cours,
chaotique, drôle et surprenant...

Imprimé en France par

à La Flèche (Sarthe)
en octobre 2013

POCKET – 12, avenue d'Italie – 75627 Paris Cedex 13

N° d'impression : 3002427
Dépôt légal : janvier 2011
Suite du premier tirage : octobre 2013
S20497/06